異世界の気象予報士

～世界最強の天属性魔法術師～

榊原モンショー　［イラスト］TEDDY

Monsho Sakakibara　Illustration TEDDY

UG novels

パパはぼくがまもるもん！
ママ、なかせないもん！
パパはつよいもん！
ぜったいに、まけないもん!!

吹き飛んでください！

UG novels

異世界の気象予報士

~世界最強の天属性魔法術師~

榊原モンショー

Monsho Sakakibara

[イラスト]

TEDDY

Illustration By TEDDY

三交社

異世界の気象予報士
～世界最強の天属性魔法術師～

［目次］

Contents

プロローグ
雷雨の夜に

——その日は、雷雨だった。


風が木々をざわつかせ、激しい雨が大地を穿つ。

天が、激しい咆哮《ほうこう》を上げているかのように、空気は震えていた。

小さくため息を吐いたその男は、ずっと目を瞑《つむ》って、来たるときに備えた。

直後、窓の外で金色の光が一度点滅。

天を割る轟音が鳴り響いたのは、そのたった数秒後だった。

「無事でいてくれよ……！」

男の名はファンジオ。

そして部屋の奥には、一人の女性がいる。

部屋の奥から聞こえてくる助産師の励ましの声と妻の悲鳴に、心が押しつぶされそうだった。

助産師の叫び、妻の叫びが場を飲み込んだ、その瞬間。

地を劈《つんざ》くような重低音と、視界を覆い尽す光が交錯する。

——嘘だろ？

眼前が真っ白になる。

待合室を隔てた向こう側には、一つ部屋があった——はずだった。

扉はキイ、と音を立てて向こう側に倒れる。

先ほどまであったはずの天井は消し飛んでいた。

涙をかき消すかのように、雨が降り注ぐ。

「落雷……？」

それはあまりに一瞬。そしてあまりにも偶然的で。

彼らのほんの数歩向こう側にあったはずの部屋に降り注いだ落雷が、悪魔の一撃のように思えた。

そしてそれは――。

「ぎゃあ……ぎゃあ！　おぎゃああ！」

――あまりにも奇跡的だった。

本来あるはずの分娩室にも、同じように雨が降り注いでいた。

奥の部屋から出てきた助産師の手には、小さな生命が確かにあった。

轟いていた雷が鳴りを潜め、地を穿っていた雨が止み始める。

重なっていた雲の隙間から覗く太陽は、あまりにも神々しく。

「ファンジオ、無事だった……でしょ？」

ファンジオは、台で寝そべる妻の手を勢いよく握った。

「落雷で生き残ったなんて、本当に信じられませんよ」

助産師の女性の言葉に、ファンジオは首を傾げた。

女性が見据える先は、ファンジオの息子だった。

ファンジオは自然と涙を流していた。

「お前が、みんなを救ったのか……？」

その問いに息子は答えなかった。その代わりに。

「おぎゃあああ！　おぎゃあああああ!!」

——元気な産声が、澄んだ空に響き渡った。

第一章

悪魔の子

「ママー。そろそろあめきちゃうよー」

草原で、小さな体を広げた少年は、隣の母に向かってふと呟いた。

その声を受けた母――マインは、さっと青ざめる。

「こんなにお日様が照ってるのに、降っちゃうの？」

「おひるすぎくらいに、いきなりざばーってきちゃうみたい」

「ありがとう、アラン！　もう少しで洗濯物が全滅するところだったわ」

息子の忠告を聞いたマインは、大急ぎで干していた洗濯物を取り込み始めた。

「あしたもずっとあめみたいだけどね」

「あ、明日も？」

「うん！」

「洗濯物がまったく乾かないわね」

そう小さく落胆したマインは、取り込みを急ぎながら、アランの頭をゆっくり撫でた。

「教えてくれてありがとうね、アラン」

アラン・ノエル、四歳。

あの雷雨の日に産まれた彼に名付けられた名前は、古代の『雷神』を意味するものだ。

あの時、確かに雷はアラン達の直上に落ちていた。だが、誰もが無傷。

ファンジオとマインも信じがたかったのだが、落雷を受けながらも家族全員が無事であることが、なによりの証拠だった。

「アランにはいつも助けられてばかりだわ。特別に、昨日パパが狩ってきてくれた筋肉狼《マッスルウルフ》のお肉を使ってハンバーグにしましょうか」

「はんばーぐ⁉」

マインの言葉に、涎を垂れ流しながら振り向いたのはアランだ。

「はんばーぐ！　はんばーぐ！」と笑顔を浮かべるその姿は、年相応の子供らしく、非常に愛おしく思えた。

そんなアランは、一つの能力を持っていた。

例えば、翌日、翌々日の天候を知ることができる。

例えば、数時間後の突発的な豪雨さえ予想することができる。遠い地方の軽い災害を予想したと思えば、寸刻違わずそれが起こってしまう。

例えば、一週間後までの天気すらも読み取ることができる。

「アランはきっと将来すごい人になるの。ママ、応援してるわよ」

もう一度優しくアランの頭を撫でたマインは手を引いた。

それにちょこちょこと付いていくアランを眺めて、彼女は小さく笑みを浮かべる。

「そろそろパパもおうちに帰ってくる頃だからね。今日は腕によりをかけてご飯作るわ！　アラン、手伝ってね！」

「うん！　わかった！」

再びステップしながら、笑顔を浮かべるアラン。

草原に、初夏を告げる暖かい風が、すうっと吹きぬけていった。

アランの能力が表沙汰になった時から彼らは、村の中で異端視されていた。

事の発端はアランが三歳の時、何年かぶりに村を襲った台風の規模と時期を的確に予知した事だった。

『天候』とは神聖なものであり、神がその決定を下すとされている。

神が下す決定に対してそれを先読みすることは、すなわち神への冒涜行為と信じられていたのだ。

「かつて、この世界にもお主らのような天候予測者が他にもいたという。だが、その天候予測者は国をも巻き込む天変地異を引き起こし、国と人と共に姿を消した」

村の長は、天候予知したアランに疑惑の目を向けた。

「生き残った者曰く、その姿はまさしく悪魔だったとか。悪いが、お主らにも早急に立ち去ってもらいたい」

長の言葉を聞いた村の住人も、激昂した。

「悪魔の家系め！　さっさとそのガキを殺せ！　それができないならばこの村から出て行け!!」

もちろん、そんなことを承諾できるわけもないファンジオとマイン。

村人を説得をしてまわっている間に、事は取り返しのつかないところまで進んでいた。

数日後、元々アラン達一家が住んでいたコシャ村の住人が大挙して、彼らの平穏を壊しに来た。

いつの時代も、異端な技術や能力を持つ者は迫害される。アラン一家も例外ではなかった。

このままここに居続ければアランの命は無い。彼らは村を追われた。

その逃げ場として、コシャ村から森ひとつ離れた所に佇む一軒家を借家として暮らしている状態だった。

「ママたちね、週末、また街に出かけなきゃならないの。アランもそろそろ、王都に行ってみようかしらね」

マインの問いかけに、アランは首を傾げた。

「おーと？」

と言いつつ視線は、マインが焼く肉に注がれている。

「ママたち、ご飯を作る材料を買ってこなきゃならないの。それに、パパが今までに取ってきてくれた材料も王都でたくさん売れるのよ。奮発して買っちゃおうかなーって、ね」

マインの言葉にアランは、ふと「むらのひとたちとは？」と純粋な瞳で母を見つめる。

胸をチクリと刺したその言葉。

彼女は心の中で自身に喝を入れた。

「そうね。村の人たちにとっては、いらないモノなの。でも、大きな町に行くとすごく大切なものになるのよ」

それがマインの精一杯の嘘だった。

マインは村では全く使い道のない貨幣を見つめる。

都市部では貨幣が流通している。

しかし、田舎まで行くと貨幣などは全く通用しない物々交換の世界。

貨幣の流通が成り立っていない田舎において、物々交換をする相手がいないということは、生活を営むことができないことを意味している。

アラン達一家は村を追い出されて以来、村の住人達との物々交換をほとんど行っていない。

自給自足、助け合いが原則の地方にとって、村八分の扱いを受けるとまともに生活することは困難で、多少の無理をしてでも王都まで出向かねばならない。

一家は村の人々に対して好意的に接しようとしていたが、アラン一家を『悪魔の家』と認知してしまった村の人々と物々交換などできるはずもなかったのだ。

「パパが帰ってきたら荷造りをしましょう。それまでは、ママも荷造りしなきゃ。いつもパパ一人に行ってもらってたものね」

マインはそう言いつつ、鍋に火をつけるために魔法を操った。

「みんなでりょこうするのー？」

マインが調理を続けるその後ろで、アランが興味津々に尋ねる。

「アランにとっては初めての遠出だものね」

アランは、待ちきれないとでも言うように部屋をトコトコと歩き回る。

「おーとって……ほかのいろんなひととおはなしできるの？」

ふと、アランが家の外を眺めながら呟いたその言葉に、マインの肩がピクと跳ねた。

「……ええ。きっと、たくさんいるわ」

「みんな、ぼくをこわいめでみないよね、おーとって」

すべてを諦めたかのような、すべてを悟ったかのような一言に、マインの腹の底に重いものが圧し掛かってくる。

「――っ……！」

長い銀髪を振り乱して、マインはアランに駆け寄った。

その頬には一筋の涙が流れていた。

悪魔の家系とレッテルを貼られて、はや二年半。

コシャ村から離れた地に住んでから、アランは他人との会話を一切知らない。

ファンジオは元々村の狩人で、森に入る時は村人以外とも交流があった。

定期的に王都へ食料調達に向かっているので、人との交流も尽きないだろう。

マインもここ一年近くは家族以外との会話を持っていなかったが、それでもこれまでの人生の中ではそんなわけではなかった。

だがしかし、アランは違う。

生まれた時から家族以外の誰とも話したことがなかったのだから。

そんな、限りない後悔。

そこまで我が子を思いやれなかった不甲斐なさ。

全てが相まって、マインはただ無言で我が子を抱きしめる。

「いたいよ、ママ……？」

「ごめんね……ごめんね、ママがもう少しちゃんとしてれば……。村の人たちを説得できるだけの力があったら……」

ぐっと、我が子を抱きしめて結ばれたその両手甲からは、自身で食い込ませた爪により小さく血が滲んだ。

腕の中でもぞもぞと動くアランの頭を、もう一度マインは優しく撫でる。

「ねぇ……ママ」

「なあに?」

「おにく、こげちゃうよ」

「アランが楽しみにしてるご飯だものね、すぐ戻るわ」

「あと……あとね」

と、アランは家の窓から見える晴れ渡った空を見て小さく呟いた。

「もうすぐ、あめがふるんだって。ながくて、よわいのが、いっぱいふるんだって」

その感覚を、マインは理解することができなかった。

だが、アランの問いかけにマインはにこりと笑みを浮かべた。

目尻にたまった涙を人差し指で払いながら、マインは言う。

「アランはすごい子ね。いつか、いつかみんなに自慢しなきゃ……」

何度も何度も、頭を撫でてやる。

「にひ〜」

無邪気に笑うアランの声が草原の風と共に空に消えていった。

「ゴメンねアラン。痛かった？」

「ぜんっぜん！」

我に返ったマインが自身の銀髪を束ねて、短く後ろに縛り直した。

自身を抱きしめていた両手がなくなってアランは少し不満気味だったものの、マインと目が合えばにこりと笑ってくれた。

それだけで、アランは十分に嬉しかった。

「そうだ、ママはお料理の続きやってこなきゃ。そうね、ちょうど火をかける薪が切れてたの。アラン、倉庫にあるから取ってきてもらえる？」

「まき？」

「そう、初めてのおつかいね。できるかしら？」

「できる！」

アランの威勢のいい返事に、マインは目を細めた。

アラン達の住む木造の一軒家はごく普通のものだ。

特別煌びやかでもなければ、特別質素でもない。

家具一式などは元いた村からファンジオの土魔法――土馬車《ゴルゾーラ》を発動させて移動させていた。

ファンジオの使役属性は『土』。狩人にとっての最適属性でもある。

そして土馬車《ゴルゾーラ》という魔法は、その名の通り土から馬車を作る魔法だ。

魔法の属性は『火』、『水』、『土』、『風』の四つに大別される。

そして多くの人間にとって、『魔法』というものは生活の基盤である。

「ママはアランの大好きなお肉料理の続きを支度してくるわ。目標は五分。その頃には薪が切れちゃうからね。じゃあ、アラン・ノエル君。薪を三本持ってきてください」

「分かった！」

家の裏口に向かって全力ダッシュするアラン。

その表情は年相応の男の子そのものだった。

「悪魔の子……ね」

マインはポツリと呟いた。

通常、簡易的な魔法適性検査は生まれてから一年から二年の間に行われる。

そのくらいの歳に魔法適性が備わり始めるからだ。

方法は至って簡単で、魔法適性を図る対象者の『魔法色』を調べることである。

人の性格にも個性があるように、魔法にも個性がある。

村を追い出される前に、アランの魔法属性を見極めようとコシャ村の長に判別を依頼したが、ついぞ分からず終いだった。

「かといって魔法が使えないわけでもなさそうなのよね。魔法力もあるには、あるみたいだし……」

マインは火加減を魔法力で調整しつつ、スープの中でぐつぐつと煮えている具材をじっと見つめる。

「分からないことがいっぱいね、アランは。王都で何か手がかりでも見つかると良いんだけど……」

ひとりでに、勝手口の方を見ていた。

アランが立ち去った後で簡易的な扉が風にゆらゆらと揺れていた。

バチバチ……。

ふと、焦げ臭い匂いを感じて我にかえったマインが鍋を見つめる。

「……あ！　あぁぁ！」

急いで火を消すも、鍋の中には真っ黒な炭になり果てた食材があるだけだった。

○　○　○

その頃、アランは勝手口から続く裏の倉庫へと向かっていた。

「えーっと、まき、みっつ」

空は快晴。雲一つない空だったが、アランは数時間後に雨が来るのを予測している。

何らかの根拠があるわけではない。

アランの天気予報は、いわば直感によって成り立っているものだ。

「まきみっつ、まきみっつ」

両手で指を三本ずつ立てて数字を象りながらアランは倉庫へと向かう。

アランはよくファンジオの仕事を見ている。

ファンジオが休日に斧で薪を割っているのをアランは手伝っている。場所はしっかり把握済みだ。

「あ、あれだ！」

視線の先には白に包まれた四角い巨大な箱。

アランは軽快に、目の前に聳え立つ巨大な倉庫の衝立を外した。

辺りの草原から吹く風がアランを撫でた。

草独特の臭いを放つそれを感じていると、風に乗って一つの声がアランの耳に届く。

「ひゃっ!?」

倉庫の裏からひっそりとアランを見つめる二つの瞳。

「だぁれ？」

アランは声の主に問いかける。

「うぅ……えっと……うぅ……あ、アラン・ノエル……くん、だよね？」

恥ずかしそうに出てきたのは、一人の少女だった。

「そうだよ。きみは？」

アランは、同じ年くらいの子だ、と判断した。

倉庫の裏からびくびくとアランを見るその少女は、一歩、一歩と倉庫の影から出てアランの真正面に立った。

白いワンピースを纏ったその少女は、茶色い麦わら帽子を被っていた。

肩まで伸びる綺麗な茶髪に華奢な体躯。触れれば壊れてしまいそうな手足。

白い肌は太陽に反射してキラキラと輝いている。

その姿を見たアランは言葉を紡ぐのを少しだけ躊躇《ため ら》っていた。

初夏にさしかかるこの時期、気温はどんどん上昇していく。

汗で額に染み付いた髪は光沢を放っていた。

「シ、シルヴィです……シルヴィ・ニーナ！」

気恥ずかしそうに自己紹介したシルヴィ・ニーナという少女。

アランは、家族以外と話したことが記憶にはなかったこともあり、この少女と初めて言葉を交わした時から、動悸が収まらずにいた。

「どうしたの？」

初めて言葉を交わしたシルヴィに、アランはにこりと笑みを浮かべた。

「ひぅっ!?」

――が、それが逆効果だったようで、シルヴィは委縮して少しだけ、後ずさりをした。

シルヴィがここに来た理由は至って簡単だった。

「も、もう……いいよね？　おにわには、はいったから！」

「どうしたの？」

「だ、だ、だいじょうぶですぅぅぅぅぅぅ!!」

あたふたしながらシルヴィは、左腕で麦わら帽子をつかんで涙目のまま走り出した。

アランから少しでも早く離れるように、と草原を駆けて村まで下っていくシルヴィを見てアランは、心の奥底で「ズキ」と何かの音がしたように感じていた。

「へんなこ……」

坂を駆け下っていく少女を一瞥したアランは、くるりと踵を返していった。

「まき……もっていかなきゃ」

アランは、白い倉庫の中に入っていた薪を三本抱えた。

いつも見ていて、いつも触っているその薪が、今日は妙に重く感じられた。

○　○　○

「いたい……」

草原を駆け下りながら、少女の頬に一筋の涙が流れた。

初夏の暖かな風が、彼女を嘲笑うかのように頬を掠めていく。

地面を足で踏みしめるたびに、微かな胸の痛みが全身を駆け巡っていた。

「はぁ……はあ……」

眼下に見えるのはコシャ村。

少女、シルヴィ・ニーナの生まれ育った村だ。

ちょうど昼時ということもあり、どの家からも昼食作りの白い煙が立ちのぼっている。

村の中央にある広場では、シルヴィの帰りを待つ子供たちが見えた。

「いたいよ……いたい、いたい、いたい！　ごめんなさい、ごめんなさい！」

村へと向かう草原を一直線に走っていたシルヴィの足がふと止まる。

胸の鼓動がドクドクと激しさを増していった。

胸が締め付けられるような痛みだった。

罪悪感と、後悔が次々に頭に浮かんでは消えていく。

後ろを見返してみれば、何の変哲もない一軒家。

ほかの家と変わらない白い煙が煙突から抜けていった。

思い返せば一時間前。

なぜ、断らなかったのか。

そんなことばかり、考えてしまう。

○

○

○

「じゃあ、いまからまけたやつは、『悪魔の家』にタッチしてかえってくる！　いくぞぉー！」

村の子供たちの代表格、ゴルジが声高に叫ぶ。

「や、やめようよ、そういうの、よくないよ？」

おどおどとした様子でその提案を止めにかかったシルヴィだったが、いつも彼女と仲良くしていた隣の家のミイはにっこりと笑って耳打ちした。

「だいじょうぶだよ。『悪魔の家』っていったって、そんちょうがいったみたいにわたしたちをたべちゃうわけないんだから」

「そ、そういうのじゃなくて！　ね、ねぇ、ミイちゃん。ミイちゃんからもいってよぉ」

「わたしはおにごっこしたいもん！　まけたくないからいやだ！」

「そ、そんなぁ……」

村の中心で、子供たちが六人集まっていた。

やるのは魔法鬼ごっこ。

魔法力に反応して浮遊する葉っぱを使用して行うもので、鬼が操作してどこからともなく飛んでくる葉っぱを避けたり、魔法力で跳ね返したりする遊びだ。

そして葉っぱを当てられた人が、次の鬼となる。

「じゃあ、おにはゴルジからだね！」

「ごかいタッチしておにになってたやつが『悪魔の家』にいくんだぞ！　じゅーう！　きゅーう！」

ゴルジがカウントダウンを始めると同時に、ミイは「いくぞー！」と張り切って家と家の隙間に身を隠そうとする。

「そ、そんなぁ！」

場に流されるままに鬼ごっこに参加してしまったがその五分後、シルヴィはあっけなく敗北。

罰ゲームとして『悪魔の家』と称されるアラン達の住処に向かったのだった。

――せめて、だれにもあいませんように……。

シルヴィはそう願いながら、アランの家に向かった。

曰く、悪魔の家系であるから村が天災に襲われる。

だが、そんなことは何も起こらない。それどころか村は変わらず平和そのものだ。

曰く、悪魔の家には毎夜魔物が出入りしているという。

だが、村には全くもって無害である上に、その母親らしき人が物々交換を申し込みにシルヴィの家を訪ねた時も、何もなかった。

両親がその物々交換の申し出を無下に断っていたことは、少女の記憶にも新しい。

いざ、その『悪魔の家』と称される家に行ってみるも、そこはやはり何の変哲もない一軒家があるだけだ。

白い倉庫のようなものの後ろに立って、恐る恐る庭を覗きこむ。

「やっぱり……みんな、おかしいよ。まものもいないし……こわいこと、なんにもおこらないんだもん」

そう呟いた、その時だった。

「ひゃっ」

自分の眼前にいたのは、一人の少年だった。

黒い髪に黒い瞳。村の人々から『悪魔の子』と呼ばれる少年であることは間違いなかった。

シルヴィがアランに遭遇することは、全くの想定外だった。

村の子供たちが、アラン一家を『悪魔の家系』と揶揄することに元々反対だったうえに、今回の遊戯での敗北で実際に赴いてしまったこと。

そしてアランに実際に会って、人当たりの良さそうな、自分たちと何ら変わらない一人の男の子を自分たちが迫害していること。

先ほど少しだけ会話をでみせたその表情や仕草。

その間に生まれていた大きな、大きなギャップにシルヴィは胸の鼓動がどんどん悪い方向に高鳴っていくのを感じていた。

「おー！　シルヴィ！　『悪魔の家』、どうだった⁉」

村に帰ってきた直後に、興味津々で問いかけてきたゴルジ。

シルヴィを心配するような、はたまた興味津々な様子がとても恐ろしいものに見えた。

「ご、ごめんね！　わたし、たいちょうわるくなって！　か、かえるね！」

シルヴィは口を押えてやっとの思いでその場から逃げ出した。

自身が抱えていた罪悪感と後悔。そして村長の言っていることが本当に正しいのかどうか、全てが疑わしくなっていた。

「『悪魔の家』なんて、なかったよ……」

シルヴィの瞳の奥にしっかりと刻まれた人物。彼女は心の中で、何度も何度も村人の言葉を反芻させていた。

「――で、アランは怒ってるのか。そりゃ、マインが悪いなぁ。っはははは」

ファンジオの快活な笑い声がリビングに響いた。

目尻に涙を溜め、腹を抱えて爆笑しているファンジオに対してマインはむすっと頬を膨らませた。

「わ、分かってるわよ。ああ……もぅ」

頭を抱えつつテーブルの上で突っ伏すマインを見ているうちに、ファンジオは自然と笑みをこぼしていた。

事の発端は昼のことだ。

アランが薪を取ってきて帰ったら、勝手口から少し離れた場所で九十度直角に腰を曲げて謝るマインの姿がそこにはあった。

マインの横の皿の上には、焦げきって形が崩れ始めた筋肉狼《マッスルウルフ》の肉塊。

アランが楽しみにしていたハンバーグは、もはや食材ではなく蝿のエサと化していたのだ。

それを見たアランは、一時呆然自失。

そして手の付けられないほど泣き始めたのだった。

「おにくがぁ！　ぼくのおにくがあああああ！」

そんなアランの泣き声が、家のなかに木霊した。

たてがみのような黒髪に黒い瞳を持ったファンジオは、筋骨隆々とした太い腕で小さな酒の瓶をぐっと掴んだ。

顎に蓄えた髭をさすりつつ、「仕方ないことではあるぜ」とマインを慰めるかのような言葉をかける。

「まぁ、今までどんな魔法力の適性テストをしてきても、どの属性にも当てはまらないんだからな。気になるお前の気持ちは分からなくもない。地属性や海属性ってことは考えられないか？」

「地属性？　海属性……？」

「百年に一度、この世に現れるとかなんとか。火、土、水、風の属性の上位互換にもなるらしい。が、それにも当てはまらんだろうからなぁ」

「うぅ……」

「一言で済ませちまえば、俺たちの手に負える範疇は超えてるからな」

ファンジオは、机に置いていた酒をくいっと一呑みした。

ふと、家の窓から外の景色を見たファンジオ。

家の灯りに反射した草むらには、多くの水滴が付着している。

「雨か……。明日は狩猟なんて出来ねぇな」

ファンジオは腕のいい猟師だった。毎日コシャ村の近辺にあるコシャの森から歩いて数時間ほど離れたアーリの森と呼ばれる危険地帯に足を踏み入れている。

普段ならば人の寄り付かない場所であり、行くとしても村人数人と共に行かなければならないという規則もある。だが、ファンジオは一人で行くしかない。

理由は、『悪魔の家系』だから——ただそれだけだ。

悪魔がいれば不幸が訪れる。

悪魔と行動をすると自身にも悪魔が宿る。

そう信じて止まない村人がファンジオと行動を共にすることはなかった。

「ったく、下らねえ……」

酒の入った瓶を見つめてファンジオは小さく毒づいた。

獰猛な食肉類や害虫、そして毒虫が蔓延《はびこ》る国家指定危険地帯であるアーリの森の中で一年半を過ごしたファンジオのスキルはとても高い。

そのおかげで普段取れない希少食材や素材を得ることができているのだが。

そんなファンジオの様子を見て、マインが今まで突っ伏していた顔をふと上げた。

「今日、アランがまた天候を予想したわ」

マインの言葉に、ファンジオの眉がピクリと上下した。

「へぇ、当たったのか？」

「『数時間後に、弱くて長い雨が降る』ってね」

「相変わらずドンピシャだな」

不敵な笑みを浮かべつつ、ファンジオは息子がいる二階に目を向けた。

「天候を予測できる、か。本来なら、俺たちにとっちゃありがたみしかないことなのにな」

「どういうこと？」

マインの疑問に答えるかのように、ファンジオは「いいか？」と指を三本立てた。

「俺たち猟師にとって天候ってのは命を左右するんだ。俺たちでも空気の流れや湿り気から多少は予想できる。だけどいつ、どこで嵐や竜巻、台風や豪雨、雷雨が起こるかなんて見当もつかん。それこそ、人類の一番の敵は自然っつーくらいだからな」

うんうん、と頷くマインにファンジオは続ける。

「雨があれば、足音や匂いで獣達の存在に気付かなくもなる。俺たちを屠ろうとたくらむ獣たちの接近をみすみす許すのも、大体は雨の日だ。そんな日はおとなしく家でじっとしてるに限る。それを事前に知れるのはやっぱ、楽なんだよ」

窓の外で降る静かな雨を酒の肴にしていたファンジオは、食器棚から一つグラスを取り出してマインに手渡した。

「え、お酒？　私が？」

「おう。飲んどけ飲んどけ」

為すがままにマインにグラスを持たせたファンジオは、その白い歯を見せて笑みを浮かべる。

「いつもお前も頑張ってるだろう。たまにはいいじゃねぇか。焦げ付いた鍋も、洗濯も、アランも。今日は俺に任せとけ」

「え……で、でも……」

「たまにはゆっくりしてくれ。最近頑張りすぎだぞ、マイン。……な？」

ファンジオの言葉に、マインは胸がトクンと脈打つのを感じていた。

さも平然のように「乾杯」と二人のグラスを寄せ付けて、一気に中の酒を飲み干すファンジオを真似て、普段酒を飲まないマインもお酒に口を付ける。

「いい飲みっぷりだ。それでこそ俺の嫁さんだ」

「い、意味が分からないってば！」

「いやー村中に自慢してやりたいぜ。俺の嫁さん世界一ぃぃぃぃぃッ!!　ってなぁ」

「ちょ、ちょっと……止めてよ……！」

「あー可愛い可愛い。ウチの嫁さん超可愛い」

ファンジオはグラスをテーブルの上に置いて、その太く筋肉のある手でマインの頭を力強く撫でた。

「うぅ……」

それでも特に嫌がる様子のないマインは大きく、そして温かな両手の中に顔を埋めたのだった。

○　○　○

翌日は、村全体に長く弱い雨が降り続いていた。

空気がジメジメしているなかで、ファンジオは自室の引きだしからボールを二つ取り出した。

「魔法……か」

昨日、マインにゆっくり休んでくれと言ったのと、近頃アランとあまり遊べていなかったことを懸念したファンジオの内心には大きな喜びがあった。

魔法に絡んだ遊びや競技が数多く存在する世界にとって、『魔法』という概念は極めて当たり前のものだった。

自身の身体や体技だけで行う競技。

対して己の内に秘めた魔法、そして魔法コントロールを武器に行う競技。

そんな様々な競技があるなかで、普通の人ならば四歳くらいから、魔法を使って遊びを始める。

人間にとって身体的な成長段階は主に四つ。

一つ、第一次成長期。

一つ、第一次魔法成長期。

一つ、第二次成長期。

一つ、第二次魔法成長期。

身体的な成長度合いが高まる第一、第二次成長期に対して、魔法成長期は当人の魔法含有量の伸びが増える時期となる。

この魔法成長期をいかにして過ごすかによって、成長した後の当人の魔法量が大きく変わってくる。

そしてアランは今、第一次魔法成長期に差し掛かろうとしている。

村の子供たちなどは魔法鬼ごっこなどの遊びのなかで魔法力を磨きにかかっている時期にあるが、アランは人々から『悪魔の子』呼ばわりされることはあっても、一緒に魔法力を磨けるような友達はいなかった。

「だからこそ……俺がアランを鍛えてやらなきゃな」

家族の生計を立てていかないといけないファンジオは、日々を死地ともいえる森で過ごしている。狩猟をする際の土魔法を使った防護壁、危険察知のための範囲魔法など、彼は自分自身でも気づかないほど魔法に関して上達していた。

そのせいで、家庭を省みることができないことを申し訳なく思ってもいた。

「……アラン」

「なぁに？」

今までは狩猟《しごと》、狩猟《しごと》でアランのことをあまり見てやれなかった、という後悔が頭の中を駆け巡る。同時に、そんな自分に「あそんでくれるの!?」と純粋無垢な笑顔を向けてくれる我が子に思わず笑みがこぼれる。

「おう、アラン。パパと遊ぶぞ！」

「ほんとー!?」

「ああ、今日も、明日も、明後日も！　アランの予報ではずっと雨なんだろ？　だったら、アランとずっと遊ぶさ！」

「やったー！　それなら、ずっとあめふってくれないかなー」

「そ、それはそれで困るんだけどな……？」

「わーい！　わーい！」とリビングを走り回って、台所で調理をするマインの服を引っ張って「パパがあそんでくれるって！　パパがあそんでくれるって！」と鼻息荒くするアランを見て、両親二人は互いを見やった。

「よっし、アラン。屋根の下だ。今日はお前に魔法の使い方を伝授してやろう」

「まほう!?」

「ああ、魔法だ。パパも、ママも使ってる、あの魔法だ」

「ふぉぉぉぉぉおおおおぉぉぉッ!!」

「て、テンションたかいな……お前」

ファンジオが苦笑いを浮かべると同時に、絶叫しながら勝手口から外の屋根裏に向かうアランを見て、マインが心配そうな表情を向けた。

「ね、ねぇ大丈夫？　アランに魔法って。まだ、魔法属性すら分かってないじゃない」

「一応見たところ魔法自体は使えるみたいだしな。魔法属性の開花がしていないだけってことも考えられる。今すべきことは、アランの属性がいつ開放しても対応できるようにしてやることだ」

「……アランの属性開放ねぇ」

マインは、考え込みながら呟いた。

「じゃあ、今からアランと遊ぶのは魔法の修行も兼ねてるってこと？」

野菜を切りながらファンジオに問いかける。

ファンジオは、小さく頷く。

「村の子供たちがどうやって魔法を教わってるかくらい知ってるだろ？」

ファンジオのその一言にマインは小さく俯いた。

コシャ村では、七十三歳の村長が子供たちに魔法を教えている。

そのなかでとりわけ優秀な者は、村の猟師と共に実際に狩場に行って、実戦経験を積みながら教わることが多い。

「アランには、俺たち以外に『師匠』はいねえ。力不足ではあるが、俺がやるしかないだろ」

「じゃあ、アランも将来猟師にするの？」

「そうなれば嬉しいけどな。アランと一緒にタッグ組んで獲物を仕留めるのも、俺の夢だからなぁ」

勝手口を出て、扉を閉める。

そこには藁で覆われた簡易的な屋根が設置されている。

「ねーねーパパ！　なにするの!?　なにするの!?」

「あー待て待て。お前に渡すものがあるんだって。いや、落ち着け。落ち着け」

興奮を抑えきれないアランが屋根の下でグルグルと動き回っているのを見て、ポリポリと黒ひげの生えた顎を掻くファンジオ。

「んー……？　ボール？」

アランは、ファンジオから手渡されたものを両手で掴んだ。

ファンジオも、懐からもう一つの白球を手に持ってアランに視線を送った。

「今から、パパと勝負しよう」

「しょうぶ？」

「行くぞ、見てろアラン」

そう言ったファンジオは、自身の持つ白球に軽めに『魔法力』を込めた。

先ほどまで手のひらにあった白球が、まるで自分で意思を持つかのように飛び上がった。

浮かび上がった白球は一度、藁の積もる天井にポンと当たって、再び力を失ったように自重に任せて地面に落ちていく。

「これが、『魔法』ってやつの基礎なんだ」

「まほうのきそ?」

「まず、自分の心で念じる。そうだな……目を瞑って、体の中心にある何かを引っ張り出すって感覚だ」

「ひっぱる……コレ?」

アランは白球を手に持ち、目を瞑った。

アランが呟いたコレ、という単語にファンジオの眉がピクリと動く。

「ええっと、もやもやしてて、ごじゃごじゃしてて……でも、ぐわーっとしてて……ほんわかしてて?」

「っははははは。そうだ、それが魔法ってやつだ。良かったな、アラン。お前、魔法使えるじゃないか。それを引っ張りだしてきて、手の上に置いてやるって感じだな」

アバウトなファンジオの説明にアランはこくりと頷いた。

ファンジオほどになれば、家の天井に球を当てることはできる。

だが幼少期のアランにしてみれば、ファンジオの胸あたりほどの高さまで白球があがれば上出来だ。

「ええと……てのうえに……」

「おう。じゃあ――思いっきり、それを爆発させてみろ。『こんにゃろー』って掛け声で、ボールを高くあげるイメージをするんだ」

「……う、うん」

アランの額に一筋の汗が流れ落ちた。

さすがに今日はじとじとしすぎているのではないか、そうファンジオが額の汗を拭ったその瞬間だった。

「こんにゃろ――――っ!!」

アランは精一杯叫んだ。

アランを中心に凄まじい豪風が巻き上がり、白球はファンジオの目線でも追いつかないほどに一気に上昇した。

「……お？」

天井に敷いていた藁さえも吹き飛ばしたアランの魔法に、ファンジオは愕然とするしかなかった。

「か、かった!?　パパにかった！　やったー！　やったー！」

そう無邪気に笑う息子のアランとは対照的に、父であるファンジオは驚きのあまりポカンと口を開けている。

「……アラン？　お前、どっかで魔法を使ったことはあるのか？」

「え？　ないよ？」

「じゃあ、本当に今ので初めてなのか？」

「たぶん、そうだけど……」

「ちょ、ちょっとファンジオ、アラン？　さっきの音はなに？」

淡々とした会話が続いた。降りしきる雨が二人に当たる中、藁の破れた音を聞いたマインが怪訝そうに勝手口を開けた。

だが、マインは一度アラン達を見て、雨が彼らの上に降り注ぐのを不思議そうに首を傾けた後、口をあんぐりと開けた。

「きゃああああああああああ!?　屋根がない!?　なんで!?　なにが起こったの!?」

ファンジオと、大きく穴の開いた屋根の天井を見比べたマイン。

そんなことはお構いなしとばかりに、アランは相変わらず無邪気な笑顔で服の裾を引っ張った。

「ぼく、パパにかったんだ！　すごいでしょー！」

「す、すごいわアラン。えっと……すごいんだけど……」

「えへへ～。なんでもパパがいうことをきいてくれるんだって！　なにがいいかな!?」

「あ、アランの好きにすればいいけど……。いったんおうちに上がってもらえる？　お昼ご飯をリビングに運んでちょうだい。あとファンジオ、正座」

「……うっす」

「えー!?　まだパパとあそびはじめたばっかりだよ!?　なんで!?」

「……あとで特別にお肉焼いてあげるから」

「こんどはこがしたらダメだよ！」

マインは、息子の言葉でちくりと釘を打たれて「ウッ」と頭を抱えた。

そんなことはお構いなしに、靴を脱ぎ捨てて勝手口から家の中に入っていくアランを見たマインは仁王立ちになった。

「さて……と」

その真白い眼光を鋭くファンジオに向けた。

藁屑と雨がパラパラとファンジオの頭に降りかかる。マインは大きなため息をついた。

そのマインのジト目を受けたファンジオは、対照的に「ははは」と苦笑を浮かべる。

「どうしてこうなったのかしら」

「……アランの魔法だよ」

「アランの魔法？」

「魔法の基礎を教えたつもりだったんだ。ボールを浮かせるための簡単な魔法力を鍛えるつもりだったんだが……」

「この天井に開いた大きな穴は、アランがボールを突き破ったってこと？」

「まさにその通りだ。予想外でもあったが……あいつは間違いなく天才の類いだ。あの魔法力は並みの人間のものじゃない。王都の魔法術師クラスのもんだ」

その言葉にマインはごくりと生唾を飲み込んでいた。

「魔法術師……？」

　ふと疑問を口にしたマイン。

　天井に開いていた穴から垂れ流れてくる水を避けようとすると、バランスを失った天井がドサァと一気に崩れ去る。

「うぉぉぉおっ!?」

「ファンジオ!?」

　藁を全身に被ったファンジオの腕を持って、藁の中から引き出すマインに、ファンジオは小さく頷いた。

「悪いな、家壊しちまって」

「二人が無事ならそれでいいわよ。ただ、後でちゃんと屋根は改修してもらうわよ？」

「……マジで？」

「アランの予報では明日も明後日も雨なんでしょう？　いつまでたってもこのままじゃ、水浸しになっちゃうもの」

「……マジか」

　ファンジオは再び苦笑いを浮かべた。

　雨の降り続く午後。

　ファンジオは脚立を使用して、藁作りの屋根を改修し始めていた。

　勝手口から少し出た場所、つまりファンジオのほぼ眼下では、彼の作業を健気に手伝うアランの姿と、アランが濡れないようにと傘を差し出し、ファンジオの分とのタオルを二枚手に持つマインの姿があった。

「ったく、一家総出で屋根の修理かよ。まあ悪い気はしないがな」

「パパー。これ、どこにもっていけばいいの？」

無邪気に呟くアランの腕の中には、先ほどまでに崩壊したたくさんの藁屑が抱えられている。

「おー。倉庫に投げといてくれ。そしたら俺が後で捨てに行くから……よっ！」

ファンジオは、脚立の上で白のタンクトップを着て作業を行っていた。

口に三本ほどの釘を含んでいて、その手にはトンカチ。

その姿はさながら日曜大工だ。

「なぁ、マイン」

釘を柱に打ち付けつつ、ファンジオはマインを呼び止める。

アランは地面に落ちた藁屑をかき集めながら、泥ダンゴを作るかのように遊んでいる。

全く手伝いになっていない手伝いに苦笑を浮かべつつ、ファンジオは真面目な表情を作った。

「アランの魔法、どう思う？」

いきなり核心を突かれて眉がピクリと動いたマインの様子を見て、ファンジオは言う。

「あいつの能力は、多分俺じゃ完全には引き出せない」

「アランの魔法の潜在能力がすごいってことは、喜ばしいことじゃないの？」

「ああ、喜ばしいことだ。だが、あいつを伸ばすことを考えたときにあまりに俺たちが力不足だってことを痛感しただけだ」

ファンジオはギリと歯ぎしりをした。

筋骨隆々としたその体躯を丸めて、じっとアランを見据えた。

「俺はな、アランには好きに育ってほしいんだ。これは親の傲慢かもしれない。でも、アランの才能を全部、開花させてやりたい。この世界は魔法ですべてが変わる。今までも、そしてこれからも……。アランをこんなとこにいさせちゃダメだ。たかだか一介の猟師の倅《せがれ》で終わっていい器じゃない」

「でも、あなたはアランに猟師やらせるんじゃなかったの？」

「こいつの魔法を見てたら、気が変わっただけさ」

そう言ってファンジオは脚立から降りて、藁屑を遊びながら掻き集めていたアランを見て、軍手を取る。

「悪魔の子？　冗談じゃねぇ。こんな才能のある息子、こんなところで燻《くすぶ》らせるわけにはいかねぇ。こいつは世界に出るべきだ。そして世界に名を轟かせるべき人間だ」

「あてはあるの？」

マインの言葉に、ファンジオは不安そうな面持ちながらも「ああ」と言った。

「俺がたまに王都に行くときに毎度珍品を買ってくれてる偏屈爺がいる。そいつに会いに行くのさ」

ファンジオは眼光を鋭くして雨の降りしきる空を見上げる。

「自称、伝説の宮廷魔術師の……な」

空は未だに濁っていた。

あれから数日、雨は降り続いた。

今年一番の長雨だったことは間違いない。

おかげで、アランはファンジオとたくさん遊べてテンションは上がりっぱなしだったが。

アランの遊び疲れとともに雨脚も遠のき、曇りの日が多くなった頃、一家は動き出した。

今にも降ってきそうな湿り気だったが、アランは雨が降らないと断言していた。

「王都に行くなら、今がちょうどいい。雨も降らないってならなおさら好都合だ」

ファンジオは土属性魔法で土馬車《ゴルゾーラ》を手配しながら呟く。

「いつもファンジオはどうやって王都に向かってるの？」

マインが問いかける。

「俺は歩きで行くから問題ないが、二人を王都まで歩かせるわけにはいかない。いつもはコシャ村の隠れ道を突っ切って抜けるんだが、土馬車《ゴルゾーラ》を使う以上派手な移動はしたくない」

そう言って、ファンジオは続ける。

「霊鎮祭がコシャの森の中で開かれているなら、村や森周辺には人手が少ないと考えて良いだろう。ちと遠回りになるが、一度コシャの森を迂回してから王都へ進む道に合流しよう」

霊鎮祭《れいちんさい》。

主に狩りで生計を立てる村で、代々行われている伝統の祭りである。

普段から狩りを生活基盤としている村人にとって、この祭りは神聖であり、またとても大切にされている儀式の一環でもある。

「いいか？　アラン、マイン」

ファンジオの冷静なその言葉に、マインはこくと頷いた。

「村民に見つかると面倒だから今回はコシャの森を迂回する。霊鎮祭ならわざわざ迂回先まで出る奴なんかいないだろうからな。長旅にはなると思うが、頑張ってくれ、二人とも」

「はいはい」

「は――い!!」

マインの落ち着いた声音とアランの大きな返事を耳にしたファンジオは「オオッ！」と一声上げて馬に鞭を打った。

馬は二頭。

土馬車《ゴルソーラ》は大きく揺れていた。

草原の中の舗装された一本道に沿って、彼らは村の中央へと進んでいく。

そこから方向転換をしてコシャの森の端に沿うようにして大きく迂回。

村に今、人はいない。

それは皆が霊鎮祭で、コシャ村付近の森に出向いているからだ。

老若男女で日々を生きられていることを感謝する儀式。

『森の生命を分けていただいている』という精神のもとで行われる、村を上げての祭りは、過去にはファンジオもマインも、何度も経験していたものだった。

「村をあげてコシャ森に行くときくらいしか、表だって王都に行けねえんだよな……」

あえて村を突っ切る方法もあるが、もしそれで村民に見つかってしまえば、それは今までの生活が終わるかもしれない危険も意味している。

最近になって芽生え始めてきた村人の感情は『恐怖』ではなく『蔑み』の感情に変わりつつあったからだ。

一年ほど前まで、村人たちにとってファンジオ達一家は『恐怖の象徴である悪魔の家系』であった。

王都に出向くためにファンジオが村を通れば、自然と村は閑散とする。

藁屑しか飛び交わないその村を『畏怖の対象となる悪魔の家系』を盾として堂々と縦断するという手法をとっていた。

だが、今は状況が変化しつつある。

数ヶ月前にファンジオが村を縦断した際に向けられたのは、いつものような恐怖、畏怖の目ではなく、さながらそれは好奇の目だった。

村人たちにとって、ファンジオ達一家は『恐怖の象徴である悪魔の家系』から、『村八分にされ、追いやられてひっそりと暮らす悪魔の家系』へと変わりはじめていた。

そんな、自分が優位に立ったと分かった人間が何をするのかというほど明白なものはない。

「どちらにせよ、いずれ火の粉はかかってくるさ……」

村からの視線が変わってからはや数ヶ月。

いつ、村人たちから攻撃されるかもわからないなかでこんな方法はもはや危険なのかもしれない、とファンジオは感じていた。

「どうしたの？　ファンジオ」

「いや――」

言葉を詰まらせながら、ファンジオは呟いた。

「アランと売り物、任せたぞ、マイン」

前を向いたまま言葉を発するファンジオにマインはドンと胸を打った。

「もちろんよ。後ろのことは私に任せて」

空は曇天、地面は若干の湿り気有り。

決して良好とは言えない視界のなかで、一家はコシャ森を大きく迂回して王都へと急いでいた。

○　○　○

「汝、山神。我ら一同は日々コシャ森の恵みを受けてこれまで頂戴しております。その感謝の念は誰もが同じ。我らコシャ村民は、神に忠誠を誓い、これからのさらなる発展を――」

コシャ村長は、森の中央の祭壇前でそう詠唱する。

それに続き、村人は次々と頭《こうべ》を垂れて、村長に続き下を向いたまま「汝、山神――」と復唱していく。

これは霊鎮祭、一の儀。

霊鎮祭には通常三つの儀式が存在する。

一つ目に、現在行われている『詠唱』。

村人総出で一時間、神に祈りを捧げて日々の生命の恵み、並びに森の命への感謝を神に伝えるものだ。

二つ目に、『神盃奉納《しんぱいほうのう》』。

村で一年をかけて醸造された、米からできた酒を森の神に奉納するという名目で、村の大人たちが盃を一杯だけ交し合うもの。

そして三つ目に『霊鎮祭』。

これこそ、皆で朝から晩まで唄え踊れの限りを尽くすこの祭りの一大イベントだ。

出店が森に立ち並び、家族みんなでゲームをしたり、楽しく食事をして、今年一年の健康を森の神に示すことこそがこの祭りの一番の楽しみだった。

だからこそ――。

「ふぁ……ああ……」

一の儀である『詠唱』、そして二の儀である『神盃奉納』は子供たちにとっては退屈でしかない。

それは村の娘、シルヴィ・ニーナも例外ではない。

一の儀が始まってからまだ十分も経ってない。

そしてそれがあと五十分も続くとなると考えるだけで静かに身震いを起こしていた。

足は既にピリピリと痺れ出している。

横の両親はと言うと村長が語ると同時に詠唱を繰り返す。

たかだか六歳の子供にとって、その詠唱の意味は全く分からないし、ただただ座っていることの無意味さを痛感し始めた、その時だった。

「シルヴィ、シルヴィ！」

ちょぃちょぃとシルヴィの服袖を引っ張った人物。

向いた先には四つん這いになりながら彼女に近づく者がいた。

「しー」と合図を打つのは親友、ミイだった。

彼女は「ミイちゃ――！」と言おうとするシルヴィの口を無理やり塞いで、もう一度「しー」と指で制止しながら笑みを浮かべる。

橙色の髪の華奢な少女、ミイはそっと耳打ちした。

「ゴルジがよんでる。みんなであつまってあそぼうだってさ！　みんながおじぎしたとき、いくよ」

「うん、わかった」

シルヴィもかなりの暇を持て余していた。

ミイの誘いに乗るのも自然の流れだ。

「皆の者、神に祈りを――！」

村長が呟くと同時に、大人たちは最敬礼の意味を込めて深々と頭を垂れていく。

「いくよ、シルヴィ」

「うん！」

ミイの合図とともにシルヴィはバッとその場を四つん這いになり人の列を過ぎていく。

「おとうさん、おかあさん、ごめんなさい！」

ぺろりと、最敬礼をする両親に舌を出して彼女は前方を走るミイを追った。

二人は素早く、するすると人波を出ていった。

「こっちだこっち！　ミイ、シルヴィ！」

木々の影からはゴルジの姿。

黒髪の丸坊主頭の上に緑色の葉っぱが乗っているのを見たシルヴィは、思わずクスリと口を手で押さえて笑った。

いつも通りの白いワンピースを羽織っているシルヴィはワクワクを隠しきれずにいた。

「よぉし、みんなあつまったな！」

森の中央で、ゴルジが木の棒を持って天に掲げた。

「かみってやつはおれがこんなして、こうしてやるんだ！」

そう元気高らかに木の棒を振り回すゴルジの姿に、皆は一様に「おおお」と称賛する。

そんな賞賛を受けたゴルジは、恥ずかしがりながらも「とりあえずひまなんだよな」と単刀直入に話を切り出した。

「じゃあ、きょうもまほうおにごっこやるの？」

シルヴィが疑問を呈するが、それを「ちっちっち」といなしたゴルジは皆を一目見た。

「おれ、とうちゃんからべつのあそびおしえてもらったんだよ」

その言葉に集まった六人は一様に興味を魅かれたらしかった。

「その名も『魔法かくれんぼ』！」

「まほうかくれんぼ？」

シルヴィの問いに、ゴルジは「ああ」と小さく呟いた。

「いいか？　いまからとうちゃんからおそわったこと、いうからな。ふつうのかくれんぼとおんなじなんだけど、まほうをつかってみつけだすんだ。どっかにまほうりょくおいて、にせものをつくれるってのがおもしろいとこだな！」

「まほうでかくれてるひとをみつけだすの？　そんなことできるのかな……」

「それができるんだ、いっつもおにごっこやってて、それぞれのまほうはわかるじゃん」

「……なるほど」

「じゃ、やってみようぜ！　おれがおにやる！　だからみんなはむらのなかのどこでもいい、かくれてくれ！」

ゴルジのその号令と共に、皆は表情を変えた。

勝負事になると本気になる子供の性質《タチ》だった。

それから数分後、シルヴィの隠れた場所は、コシャ森から少し離れた路地裏の獣道。

そこに設置された小さな階段だった。

路地裏の一部に魔法力を込めたダミーを作ってかれこれ三十分そこに隠れていたが、ゴルジが探しに来る気配は一切ない。

「……これじゃあおかあさんのはなしきいてたときとかわんないじゃん」

少しばかり不服そうに呟いたシルヴィはバッとその場を後にした。

「しずかだなぁ」

コシャ森の外れには一人もいなかった。

空は曇天。

雨が降るか降らないかといった程度だった。

「こんなとき、アランくんだったら……どうするんだろう。あしたも、あさっても……ずっとさきのてんきもわかるのかなぁ」

ふいに、アランの家のある方角を向いた、その時だった。

ダッダッダッダ……。

森の端から聞こえてきたのは、馬の足音だった。

ふと音をする方向を見れば、猛スピードで村を横断しようとする馬車。

その荷台には何やら白い袋が被せられている。

「え……え……？」

盗賊かもしれない。そうシルヴィが考えた束の間、馬車が通り過ぎた。

その後ろからこちらを見ていた人物に、シルヴィは見覚えがあった。いや、それは運命の出会いだったと言えよう。

「あ、アランくん⁉」

『悪魔の家系一家が村に現れたとしたら、すぐに誰かに報告して逃げるのじゃ』

村長の言っていた言葉が脳裏をよぎった。

――とにかく、奴らは危険じゃ。じゃからこそ不意を突かねばならん時は必ず現れる。

大人たちはそう言っていた。

シルヴィには、何故大人たちが神妙な表情で話していたのか、その意味は分からない。

ただ、その事実は村の皆に知れ渡っている。

「んー、シルヴィどこだろう……」

ふと森外れに姿を現したゴルジ。

そのまま行けば、必ずアラン達一家に遭遇してしまうと。そう考えたシルヴィは、気づけば思いっきり叫んでいた。

「ゴルジくんにみつかったー！」

急いでアラン達の走る馬車とは真逆のほうに向かい、ゴルジたちが近づかないように仕向けたシルヴィは、すぐさま走り寄ってきたゴルジを確認して「ふぅ」と息を吐いた。

その言葉を聞いたゴルジは笑顔で「シルヴィ、みーっけた！」と思いっきり声を上げる。

ゴルジに見つからないままに、アラン一家を乗せた馬車は姿を消していく。

「なんでだろう」

自分は何故アラン一家を守ろうとしたのか。

ゴルジにそのことがバレたならば、正義感の強い彼ならば必ず村長に報告すると踏んだからだろうか。

「わたし、なにもみてないもん……」

シルヴィのその心内は、非常に穏やかなものだった。

○　○　○

コシャ森を通り過ぎて、王都へと向かう一本道を駆けていく影。

馬を軽快に走らせているのはファンジオ一家。

王都までの道のりはおおよそ一日半。

馬も疲れが見え始めている。いや、ボロが出始めていると言った方が適切だ。

土魔法で精製された馬には『生命』はない。

だが、走行中に巻き上がる土埃や石などを体に食い込ませると運動器官に支障を来してしまう。

「ギギ……ギ……」

その証拠に、馬が前肢と後肢を上手く組み合わせて走る際には石と石の擦れ合う音が聞こえてくるようになっていた。

「まぁ、こんなもんか」

ポツリ……。

それに加えて、この曇天。

いつ雨が降るかはアランの予報通りだったものの次第に雨が強まりだしてくる。

「アランの予報、外れたわね」

「天気を外したの、これがはじめてだったか？」

雨足が一気に勢いを増して、豪雨になり始めるとファンジオは空を見上げてつぶやく。

マインは頷いた。

「ここまではっきりと外したのは、これがはじめてかも」

膝にちょこんと座るアランの頭を撫でるマインは、キャビンから外を眺めた。

アランが天候を予想し始めたのは一年半前。

その頃は、一日、二日先のものだけだったものが今では一週間先の予報までを可能にしている。

ファンジオやマインも、一度どうやって天気を予報しているのかと聞いてみたものの、空気が教えてくれるとしかアランは答えなかった——否、答えられなかったらしい。

それは直感に近いものだ。

「その直感に助けられたことは何度かあったがな……」

基本的に、狩人にとって『天候』とは最大の天敵であるともいえる。

通常の狩人でも、天気を予測することなど不可能に近い。

せいぜい雲の動きと空気の湿り具合で、数時間後の天気を理解することが限度である。

そんな狩人にとって、「天候」を決定づけるのは絶対的な神であるとの一般認識がある以上、アランが異端視されるのも仕方ないと、ファンジオは理解している。

「マイン。今日はここらで泊まらせてくれ」

ふと、馬を止めて鞭をそばに置いた。

「そうね、じゃあ私は火起こしの準備でもしておくわ」

「ああ。あそこに巨木がある。今夜は野宿をさせてもらう。お前たちには悪いがな」

「いいのよ。また着いたら教えてね」

「助かる」

阿吽の呼吸で答えるマインに感謝しつつ、ファンジオは目の前に聳え立つ巨木の前に馬車を停止させる。

巨木の下は絶好の雨宿り場所だった。

葉っぱを伝って水滴が落ちてくることを除いては、激しい雨を全て受けてくれていた。

ファンジオは荷台から縄を取り出して巨木の端にひっかける。

同時に今まで形を保っていた馬は、湿気にあてられてボロボロと崩れていく。

「ったく、土魔法は湿気に弱いったらありゃしねぇ」

自重を支えきれなくなった土の馬が崩壊。

それを見ていたマインは銀の髪を後ろで束ねる。

「アランの予報も万能じゃないってことよ」

マインは木の棒に火を点けた。小さいながらも正確な魔法コントロールに、ファンジオは心底感嘆する。

空ではゴロゴロと雷の音が発生していた。

それを聞いたマインは、松明の火を点けながら呟いた。

「あの日を思い出すわね……」

「確か、四年前もこんな天気だったな」

四年前――それは、アラン誕生の時。

あの日も辺りは雨に包まれていた。

激しい雷雨の日に、アランはこの世に生を受けたのだった。

それこそ、まるであの日の再来かのような激しい雨だ。

巨木の下で雨をしのいでいるファンジオとマインは果てしなく続く草原に目をやった。

草がまるで生きているかのようにうねりを増している。

そんななかで聞こえる雷の音。

「私、アランを産んだこと、後悔したことないの」

「どうした、いきなり」

「私はね、ファンジオ。あなたと、アランと。三人でずっと暮らしていければ満足なの」

「俺もだ。お前とアランがいてこその今の人生だ。それ以外はつまらなさ過ぎてやっていく気もないさ」

「奇遇ね。私もよ」

瞬間、空が激しい光に包まれた。

けたたましい轟音が瞬時に鳴り響く。

その時。

「……だれ？」

キャビンの中から出てきたのは、アランだった。

風で吹きあがる黒髪と、こちらを見つめるアランの姿に、マインはピクリと眉を浮かせていた。

「アラン？」

それはあまりに唐突な出来事だった。

マインとファンジオが制止する前に、アランは勝手にキャビンから飛び降りて雨の下を駆けていく。

「あ、アラン！　戻ってこい！　雷が落ちて来たらどうするつもりだ！」

ファンジオは、マインから受け取った松明を放り捨てて我が子の元へと駆け寄っていく。

だが――。

「ダメ！　パパ！」

息子の、これまでにない大きな声にファンジオの足がピクリと止まった。

「……あ、アラン？」

マインすらも、炎を手放して巨木の影から躍り出た。
アランはじっと、天空を見つめていた。
「……くる」
冷たい声だった。
だがしかし、それは無防備なものでも、自暴自棄なものでもないものは明白だった。
その瞬間。

一閃。

アランの直上から一直線に落ちてきたのは、一筋の光だった。
あまりに突然の出来事にファンジオとマインは光に目を閉じていた。
「――!?」
あの日と同じだった。
アランが生まれたあの日にも、頭上に雷が落ちた。
そしてそれが今、再び――。
誰と、何を会話しているのか、アランは小さな体で一筋の落雷を受けていた。
マインとファンジオが目を開けた時には、息子に全ての光が集約していた。
その姿は、まさしく雷神。

雷を操り、雷を受け入れているかのようなアランの姿に、生唾をごくりと飲み込んだ二人。

「い、いったい何が起こってるんだ？」

ファンジオが愕然としている間に、マインは急いでアランに駆け寄った。

アランは身に宿していた黄金色の光を、徐々に手先から離していった。

それはさながら、落雷を制御し、逆流させたかのような現象だった。

「いってててててて」

アランは困ったように笑顔を浮かべる。

多少の静電気をものともせずにマインは「ケガは!?　ケガはないの!?」とアランの身体をすみずみまで確認した。

「ごめんね、ママ。でも、ぼく、よばれてたんだ！」

「呼ばれた？」

「うん。だれかが、ぼくのことをよんでたの」

意味を理解できずにいるマインだったが、アランは至って真面目に話しているようだった。

その後、アランの意思に答えるかのように天の雲は二分され、降りしきる雨がやんでいった。

第二章

神の子

今まで広がっていた草原の景色とはうって変わって、一家の前に広がっていたのは都会ならではの喧騒だった。

立ち並ぶ商店、家々。

中央に高く聳え立つ、王都の象徴でもあるオートル魔法研究所。

この国、アルカディア王国の発展と共にある巨大な中央研究施設の一つだ。

「アラン、着いたわよ」

優しく、膝の上で再び寝息を立てていた息子を揺すって起こすマイン。

「ついたの？」

「ええ。アラン、初めてでしょう？　王都」

「……うん」

若干寝ぼけているアランの眼をこすってやるマインは、先んじて馬車から姿を現した。

「マイン、アラン。準備出来たか？　とりあえず、荷物おろしてくれ……って、もうマインやってくれてるのか」

「もちろん。ファンジオの足を引っ張りたくないもの」

謙虚に胸を張るマイン。彼女の背には大きなリュックが背負われていた。

「アラン、ここからは人が多いから手を繋いでね。逸れちゃったら会えなくなるから」

マインは銀髪を振りつつ、悠々と道を歩く。

王都中央に向けて歩みを始めるファンジオの後を、二人はついていく。

　立ち並ぶ品々を見定めるファンジオは、狩猟用具に興味津々だった。

「そういや、最近俺もろくに装備変更してなかったからなぁ。新しい魔法具でも買いたいもんだ」

「まほーぐ？」

　ファンジオの後ろをついてまわるアランは首を傾げた。

「魔法具ってのは、名前の通り魔法力を使って発動させる道具のことだ。例えば、ここまで俺たちを運んできた土馬車《ゴルソーラ》。あれは元々こんな小さな人形みたいなものなんだが……」

　そう言ってファンジオがポケットから取り出したのは、小さな馬車の人形だった。

「土属性の魔法力を注ぐと俺たちが乗れる大きさになってくれる。道中壊れたりする消耗品だから、帰りのためにもう二つほどは買っておかないとな」

　苦笑い気味のファンジオに、マインも続ける。

「魔法具が流通しはじめたのも、ここ十年くらいの話よね。魔法具が現れ始めて、村単体の生活から、村と村、村と街の繋がりができるようになったのは」

　マインがうっとりと魔法具を見つめる間にも、ファンジオはまるで子供のように様々な狩猟用魔法具を試用していた。

　そんな時だった。

「おー、田舎上がりかそこの兄ちゃん！　いい奥さんと子供じゃねえか！」

　と、王都の大通りを進んでいく一家を呼び止めたのは、通りの端の店に立つ一人の大男。

「また古臭い商売文句だな」

そう嘆息気味に振り向いたファンジオの先には、一匹の大魚を持った男がいた。

額には黒と白を基調とした鉢巻。そして六つに割れた筋肉に茶褐色の肌。

「久しぶりだなぁファンジオ。今日は家族連れかい？」

「ド、ドローレン!? な、何でこんなところにいるんだよ！ この時期は漁獲期じゃなかったのか？」

「事情が変わっちまってな。ウチの村でも最近はめっきり魚も獲れなくなっちまった。あまりに生活が振るわねーからって、俺が代表して出稼ぎに来たってとこだ」

ドローレンと呼ばれた男は、商品の魚を小さな袋に詰めてファンジオに手渡した。

「ほれ、家族で食いな。すぐ食えるように下処理は終わらせてる」

「お、おぅ、恩に着るぜ」

そんなファンジオの言葉に、ドローレンは諦めたかのような、達観したかのような表情を浮かべた。

「俺、ちょうど村に帰るつもりだったんだ。今回の目的は果たせたからな」

そんな様子にファンジオは「どういうことだ？」と怪訝そうにドローレンに詰め寄った。

「俺たちにとって、必要不可欠である天の恵みが一切なくなってな。おかげで魚が港に寄り付かねえ。商売あがったりってわけさ」

「雨、か。そればかりは人の手にはどうしようもならねぇな……」

ドローレンの話を食い入るように聞いていたファンジオ。

傍で見守っていたマインが、すかさず声をかける。

「私たち、先に管理局に行ってようかしら？」

「悪いな。そうしてくれ。俺もすぐに行く」

ファンジオがそう短く答えた後に「アラン、行くわよー」とマインは、ドローレンから受け取った魚をアランに手渡した。

「ふぉー……」

アランは生で見る初めての魚に興味津々だったようだ。

マインはアランの手を引いて、王都中央に足を踏み入れた。

ひっきりなしにその高い建造物に入っていく人々の波に押しつぶされないようにと、ぐっと力を握りしめる。

マインとて、王都に来るのは一年ぶりだ。

「……ママ？」

「大丈夫よ、アラン。行きましょう」

マインがここにやってきた目的はただ一つ。

王都中枢に、商売に関する規定があるからだ。

王都には日々、地方から出稼ぎに来る者が多数いる。実際、ファンジオ達も店を構えてそこで物品を売るわけだが、適当に屋台を構えるよりは空き家を数日間借りて、そこで営みを行うというのが一般的な手法だ。

先ほど家族が会った大男、ドローレンも出稼ぎ組の一人だった。

その総管轄を行っているのが王都中央管理局。

オートル魔法研究所に隣接する国家機関である。

「ママ、商売店の借用受付を済ませてくるわね。アラン、ここでじっとしていられる？」

「わかったー」

アランにとって、建造物の中に入った途端の喧騒は初めての経験だった。

ガヤガヤと賑わう人波。

多くの家族連れ。

見るもの全てがアランにとっては新鮮だった。

「あれ？　おんなじようなにおいがする」

ふと、アランの後ろで呟いた人物がいた。

ピクリと肩を震わせたアランはゆっくりと首を後ろに向ける。

そこに立っていたのは一人の少女だった。

少女はアランをまじまじと見つめた後に、幼い表情で「にし～」と笑みを投げかけた。

「もしかしてあなたも、とくいしゃ？」

その少女の瞳は透き通るような翡翠色だった。

まるで深海とでもいえる程に藍がかったその髪は、背中まで丁寧に結われて伸びている。

そんな藍髪ポニーテールの少女は、アランの周りをぐるぐると周った。

「とくいしゃ？」

アランは、少女の言っていることの意味が分からずにオウム返しすることしかできずにいた。

「パパがいってたの。わたし、『えらばれたひと』なんだって！」

「……？」

「あなたもそうじゃないの？　わたし、えらいからじこしょうかいできるもん！」

自信ありげに少女はアランの前に仁王立ちをした。

その輝く瞳は、これまで生きてきたわずかな期間だけでも相当な自信を植え付けられた証拠であろうことは容易に想像できる。

少女は、息をすうっと吸い上げた。

○

○

○

「……んで、それがどうしてここを去るなんてことになるんだよ。お前、ここに来て何日経った？」

「まだ四日だ。だが今回の目的は売り捌くことじゃねぇ」

「どういうことだ？」

ドローレンの発した言葉に、ファンジオは怪訝な表情を示した。

「お前、聞いたことあるか？」

得意げなドローレンにファンジオは「何だよ……？」とため息をついた。

「恵みの水を生み出す『海属性』の使い手の話だ。王都じゃかなり有名なんだぜ？　その『海属性』の使い手の力を利用して、ウチの港を助けてもらおうってわけさ」

そう言ってドローレンは、机の上に置いてあった大きな袋を指さした。

「あそこには村中の依頼金が入ってんだ。全額はたいて、たかだか四歳の女の子に縋るってのは情けねえ話でもあるが……」

「四歳の女の子？」

「ああ、知らないか？　わずか四歳、そしてオートル魔法研究所局長の一人娘。『海属性』の魔法適性を持つ、『神の子』とも呼ばれるその少女――」

○　○　○

「いい？　これからよくきくなまえになるわよ。おぼえておくといいわ！」

快活な少女は、アランにピッと指を立てた。

「エーテル・ミハイル！　このくにのみらいをせおうもののなまえよ！」

少女――エーテル・ミハイルの自信に満ちた声が中央管理局に響き渡った。

指さしている間にも、アランは魂の抜けたような表情になってコクリ、コクリと頷くだけだった。

「ぼ、ぼく、アラン・ノエル。よろしく……おねがいします」

そんな様子を見ていたエーテルは、まるで下々の民を見据えるかのようにアランをソファの上か

ら見下ろした。

小さな人差し指を天に翳《かざ》して、「あそこにいくの」と呟いた少女、エーテル。

「わたし、いまからあのそらのとおいむこうに、みずをあげにいくの」

「おみず？」

「そう、みず。ドローレンってひとのおねがいね。あめがふらないらしいの。だからわたしがたすけにいってあげるの」

エーテルの指さした方向は遥か西の空だった。

だが、アランは「あれ？」と怪訝な様子を現した。

「あっちならもうすぐ、あめ、ふるよ？」

「ふらないからいくのよ！」

「でも、たぶんきみがいったころにはおおあめになってるよ」

「……？　……？　で、でたらめいわないで！」

そう言いながらも、アランを心の底から否定しきれないのはエーテルだ。

「まほうりょく、もしかして、わたしより……？」

自己紹介を終えて、アランが頭を上げるとエーテルは不服そうな表情でアランのことを見つめていた。

そんな二人の背後から忍び寄る影。

「え、エーテル様！　こんなところにいらしてたのですか！」

そう声を上げて近寄って来る黒服の男二人。

「げっ！　みつかっちゃった！」

毒を吐くようにその二人を見たエーテルは颯爽とその場から逃げていく。

「あなたとはまたあうことになりそうね！　こんどはゆっくりしましょ！　とくいしゃなかまとしてね！」

しばらくして黒服の男に捕まったエーテルは、小脇に抱えられて建物の奥へ連れ去られていく。

「さ、探したんですよ!?　出立まで残り一刻もないのですから……。できればじっとしておいてくださいませんかね？」

「だっておもしろいひとがいたんだもん」

「お父上がお聞きになられたらなんというか……。エーテル様はこの国の未来を背負われるお方――」

「いっぱいいきいたわ。あーあーあー」

「エーテル様ぁ!?」

そんな一人娘の癇癪に振り回される男二人の周りでは先ほどよりも多くの人間が、その一人の少女に釘付けになっているようだった。

「エーテル・ミハイル……」

アランは、脳裏によぎった少女の言葉をもう一度頭に浮かべていた。

「あれがエーテル様？」

「『神の子』ね。可愛いわぁ」

「今から出立ということは、誰かがエーテル様を雇ったってことか？」

「さぁ。ただ、稀代の天才でもあるエーテル様の初出立だ。よい結果を残してくださるだろう」

そんな会話が中央管理局の広大なロビーで話し合われているなかで、アランの姿を見つけたマインが駆け寄って来る。

「あの子、確か……」

「エーテル・ミハイルっていうんだって」

「そう、『神の子』ね」

自身の息子が『悪魔の子』として忌み嫌われている傍ら、王都に来てからのエーテル・ミハイルという、アランとほぼ変わらない年で『神の子』と呼ばれている少女がいるということ。

マインは釈然としない感情を抱きつつも、気丈に振る舞おうとした。

「どうしたの？　ママ」

そんな息子の問いの意味が分からずに頭の上に疑問符を作るマイン。

「ママ、こわいかおしてるよ」

「……！」

不安そうな息子を元気づけてやれるような言葉を出すことは今のマインにはできない。

その代わりにマインは、アランの手を優しくぎゅっと握ってやった。

それに呼応するかのようにアランも「ぐにぃ」と温かく小さな手で握りを強めていく。

「『悪魔の子』と『神の子』、ね」

マインは、先ほどアランとエーテルが話しているのを少しだけ見ていた。

薄々ながらエーテルと言う少女には、普通の人にはない特殊な能力があることがわかる。

だからこそ、仕方がないことでもあった。

彼女の心の奥深くに、淀んだ感情がかすかに膨れ上がっていた。

○　○　○

「『海属性』ねぇ。そんなもの、書物だけの眉唾物だとは思っていたんだが……」

すでに店を畳む準備を始めていたドローレンの様子を眺めながら、ファンジオは小さく呟いた。

「今分かっているのは、エーテル様が海属性の持ち主だということだ。案外、それに対を為すといわれる地属性魔法の持ち主だっているかもしれないいな」

「……どうだかな」

ファンジオも、四属性の他にその上位互換とも呼べる二つの属性、『海』と『地』属性があることは十分承知している。

「だが、事実エーテル様は『海属性』。水属性はそこにある水分要素を駆使して水を発生させる。だが、エーテル様は全くの無から有を生み出すことができる。その持ち前の強力な魔法力だけを駆使してな」

ドローレンは店前に展示していた売れ残りを荷台の上に乗せながら、店の奥の台所から二つの赤い果実を取り出した。

一つは自分でかじりつき、もう一つはファンジオに投げつける。

「で、あの大量の金貨はどうしたんだよ」

ファンジオの指さす方向には金貨が二百枚。家一つ購入することができるほどの大金を目にしたファンジオはそれを見て嘆息気味に問う。

「あれを全部エーテルって子に渡すのか？」

「村中の金だ。商売云々よりもこちとら最近異常気象しかこないんでな」

「異常気象？」

「近くの砂漠地帯の国はやれ洪水だ、それ雨季だと、普段ならあり得ない恩恵にありがたがってるらしい。年間降雨量の少ない隣国で、普段の数倍の雨が降られるとこっちがたまったもんじゃねぇ。まるで天候そのものが入れ替わっちまったみてぇだ。神様も酷なことしてくれる」

「馬鹿言え。お前の言い分だと、誰かが天候を操ってるみたいな言い方だぞ？　そんなこと、聞いたこともねぇよ」

ドローレンの表情から笑みが消え去った。

「案外馬鹿げたことじゃないかもしれねぇってな。おかげで今まで取れてたはずの魚までいなくなっちまった。これを早く解明しないことには俺たちの未来そのものが消え去ってしまう」

「よし」と。全ての店前の展示品を荷台に詰め終わったところに現れた二つの人影。

「あ、パパだー」

マインに手を引かれるアラン。

「管理局の方に言われたのよ。今日、ここの店に空きが出るからって」

「あれ、お前ら……？」

そう言った途端に、マインは「プッ」と思わず吹き出していた。

ファンジオが、そしてドローレンが野太い笑い声を発する。

王都の大きな街並みの中の小さな一借家で大きな三つの笑い声が木霊した。

「何だ、ファンジオ。俺の店の後釜はお前たちなのか……っはっはっはっはっは！　そりゃ何とも奇遇なことだ」

「ドローレンが構えた店の後となれば、悪い気はしねぇな」

店の前に現れた二人に、ドローレンは小さくお辞儀をした。

「……行くのか？」

ファンジオの問いに、ドローレンは短く「おうよ」と応答した。

ドローレンは作ってきた荷台を押した。

「今から『神の子』とやらの能力を使いに港に帰るのさ。ちっと高いが、それで村が救われるなら安いもんだ」

「随分と気前がいいじゃないか」

「もっとも、王国側もまだ実験段階らしいがな」

ドローレンは荷台を押して複数人の団体の輪の中心に入り、金貨の入った袋を手渡した。

「じゃあな。ファンジオ。今度はウチの名産品、ふるまってやるぜ」

そう言い残してファンジオの出稼ぎ仲間であるドローレンはグーの拳を作った。

「おう。元気でやれよ」

二人は笑顔で拳を交し合った。

商品を次々と陳列させていくマイン。

アランもマインを手伝おうと小さな上背で骨董品や狩りの収穫である毛皮などを陳列し、手伝いをしていた――その時だった。

「今から店開きかの？　ファンジオよ。何ならその店の客一号は、ワシでよろしいかな？」

不敵な笑みを浮かべてファンジオの店前にやってきたのは一人の老人だった。

みすぼらしく汚れたローブの端々はボロボロだ。

マインとは別の意味で白く染まった頭髪に皺が確かに刻まれた顔。

顎に蓄えた長い白髭にしわがれた顔をしたその老人だったが、瞳だけは未だ強くギラギラと激しい眼光を放っている。

「おぅ。さっそく来たか……フー爺」

ファンジオは、自宅から持ってきていた商品を商品棚に陳列していった。

老人は商品を見つめた。

「ほー、相変わらずいい毛皮じゃの」

フー爺と呼ばれた老年の男性は、ファンジオが陳列させた商品を手に持った。

「白兎《びゃくと》の毛皮じゃな」

「お、お目が高い。そりゃ今回の目玉の一つだぜ」

マインとアランが、ファンジオから渡された商品を見栄えが良くなるように置いていくのを見たフー爺は、髭を蓄えた顎に手をやった。

「主の出身は確かコシャ村……とか言っておったかの」

「厳密にいえば、コシャ村から少し離れた場所だがな。そこにアーリの森ってのがある。危険指定地帯でもあるが、俺達一家の生活を支えてくれている森だ」

「ほう、アーリか。霧隠龍《ファントム・ドラゴン》がそろそろ子育てに入る時期じゃろ。せいぜい死なぬよう気をつけることじゃな。龍《ドラゴン》族が潜んでいても気付くまい」

「だから、龍《ドラゴン》には遭遇しないように普段から気を付けてるんだよ」

ファンジオが普段狩りを行っている場所の森の名を、『アーリの森』という。

この世界の最高上位生物でもある龍《ドラゴン》族が潜んでいるなかでもこうして生き延び、まだ遭遇していないのはファンジオの普段からの努力と意地の賜物でもあるといえた。

「まあいい。この白兎《びゃくと》の毛皮、購入しよう。お主の言い値でいいぞ」

「そんじゃ、銀貨四枚くらいだ」

「お主は足元を見るのぉ。こちらの手持ちを知っておるのか……？」

渋々と言った感じでフー爺は嘆息しつつ、その懐から銀貨四枚を取り出した。

早速の目玉商品の売却に、ファンジオは快活に笑う。

フー爺は商品の陳列を手伝う二人の人物に目を向けた。

「ところでファンジオよ」

「ああ、何だ？」

「あそこの綺麗な女性は売り物かの？」

「ぶち殺されてえのかお客様」

フー爺は微妙に赤面させて、商品陳列を行うマインの尻を追っていた。

「なるほどなるほど、九十八点。なかなかの高得点――」

「人妻に点数つけるなエロジジイ」

「べ、別にいいではないか！　見るのはタダじゃ！　タダじゃろうがー！」

そんなフー爺の様子に、身じろぎしながら後退して苦笑いを浮かべるマイン。

その後ろを律儀についていこうとするアランの手には、毛皮が持たされていた。

フー爺の前には今にも降りかかってきそうなファンジオの拳骨。

「て、店主の暴力じゃぞ⁉」

「ああ、買ってくれたのはいいが、いくらお客様でも営業妨害で中央管理局に引っ張っていくぜ、自称宮廷魔術師様？」

「お主信じておらんな！　ワシが一声かければオートルは飛んでくるんじゃぞ！　ワシはオートルの師匠だった男じゃぞ！」

オートル。

それは王都のおける最高機関であるオートル魔法研究所の局長であり、実質的な王都の最高権力者の名だ。

オートル魔法研究所の創始者にして、魔法学研究の先駆者。

一代にして王都の経済を潤わせたという実力者の名前を引き合いに出したフー爺は、とても誇らしげで、ファンジオには欺瞞に満ちているように感じられた。

「虎の威を借るキツネってのはまさにアンタを言うんだな。そりゃ多少は魔法に詳しいようだから頼みたいことがあったんだが……他を当たろう。とりあえず一発殴らせろエロジジイ」

「のぉぉぉぉぉぉ!?」

ファンジオの笑顔の拳骨と、本気でビビるフー爺。

瞬間、二人の間を横切ったのは一人の女性だ。

ファンジオの鼻腔を擽《くすぐ》る甘い香りは、大人の雰囲気を醸し出していた。

「そこまでですお二方」

左右に尖った耳を持つその女性は、端整な顔立ちをしており、とても美しかった。

翡翠のように透き通った長い髪は腰まで綺麗に伸びている。

スラと伸びた鼻筋に優し気ながらも冷徹さを兼ね備えている深紅の相眸。

そして大きな胸の双丘がぷるんと揺れた。

フー爺のような茶の薄汚いローブを羽織ってはいるものの、その下から見えるのは小綺麗な、露出の多い緑と白の民族服。

真白すぎる肌と尖った両耳、人間ではない種族だというのはローブの上からでも十分判断できた。

「エルフか」

ポツリと、そう呟いたファンジオの拳骨を優しく握るその女性は言う。

「どうぞ、拳をお納めください」

そっと諭した後にキッとフー爺を見据えるその女性。

「フーロイド様。何度申し上げれば分かって頂けるのでしょうか」

「の？　え、えーっと……」

「外出する際には一言おっしゃってくださいと、どこに行くのか、何時までに帰るのか伝えてください、ナンパをするなと、人様に迷惑を掛けぬようにと、何度申し上げればよろしいのですか？」

「で、でもじゃの？　ワシだって……」

「でもも何もありません。フーロイド様！　あなたは子供ですか!?　いい年した大人がそんなことでどうします！　私は一番弟子として大変恥ずかしいです！」

「うぅ……」

途端、シュンと縮こまった老人は、まるで子供のように女性の説教をくらっていた。

「アラン、一緒に奥に行ってましょうねー」

不穏な空気を察したマインがアランと共に奥の部屋である寝室に向かう。

「その……ファンジオ。すまぬ、つい、じゃの……」

　完全に意気消沈したフーロイドと呼ばれた老人は、ファンジオに謝罪の意を示すも、彼の興味は既にそこにはなかった。

「すみませんでした。ファンジオ様。我が師フーロイドが多大なるご迷惑をおかけしてしまいました。お詫びとして、お店のものを全て此方で買い取らせては――」

「そ、そこまでしなくていいぜ？　それよりアンタ、何者だよ」

　ファンジオの問いに再び息を吹き返したフーロイドは、自分のことのように大きく胸を張った。

「ルクシアはワシの一番弟子じゃ」

　フーロイドを一瞥して女性は、丁寧に頭を下げた。

「初めまして、ファンジオ様。自己紹介が遅れてしまい申し訳ありません」

　律儀に謝罪を述べる女性は、顔を上げてすっと息を吸った。

「私《わたくし》、フーロイド様が一番弟子、ルクシア・カルファと申します。出自は西の果て、シチリア皇国。第二十三代ルクシアを襲名する予定です。現在は修行のためこうしてフーロイド様の弟子という立場にあり、日々を鍛錬して過ごしております。どうぞ、お見知りおきを」

　そう丁寧に自己紹介を終わらせた女性、ルクシアはぺこりと頭を下げる。

　お辞儀をした際に、その膨らんだ双丘を覗き見るかのようなフーロイドの動きを、いつものことだとでも言うように制止したルクシア。

　紅の双眸でキッと自身の師を戒めていた。

「ったく、フー爺、アンタこの子の何歳年上なんだよ。年相応っつーもんがあるだろう」

嘆息気味に呟いたファンジオに、フーロイドは不敵な笑みを浮かべる。

「それはちと違うのぉ」

売り物を吟味しつつ返答するのはフーロイド。

「エルフは長寿の族として広く知られておろう。ワシはこの通り単なる一人間じゃからの。七十四の老骨じゃがルクシアは――」

「フーロイド様。首があらぬ方向に曲がっている状態を避けたいのであれば」

「……ピッチピチの若い美人じゃの。ふぉっふぉっふぉ」

妙に冷や汗をかいているフーロイドに、ファンジオは「っはは……」と苦笑いを浮かべるしかない。

ルクシアのキツい視線が再び師であるフーロイドに向く。

「ま、これも言い値で買い取らせてもらおう。ファンジオよ」

その言葉に、ファンジオの口角がにやりと吊り上がる。

「んじゃフー爺。いや、自称宮廷魔術師様。さっきのことは一度水に流して一つ俺から依頼を受けちゃくれねえか」

「な、何じゃ改まって、気味の悪い」

ファンジオの改まった態度に、フーロイドの隣で待機するルクシアの眉がピクリと動いた。

「魔法関連でアンタに依頼がある。受けてくれねぇか？」

フーロイドは、真白い口髭に手を当てながら「ほう」と小さく唸ったのだった。

○

○

○

「いいか、アラン。この前と全く同じことをすればいい」

そう呟いたのはファンジオだ。

日没が差し迫るなかで、店じまいをした一家は、王都の中央通り路地裏にひっそりと佇む古びた木造一軒家の前で家主を待つ。

「おもいーっきりやればいいの？」

「ああ、そうだ。お前の力を見せてやれ」

アランの純粋な問いに、拳を握ってぐっと力をこめるファンジオ。

「こちらも準備をし終えたところじゃ。やるならやるで始めるがよい」

木造の扉を開いたその老人――フーロイド。

そしてその背後には、ローブを取って白い肌を露出させた煌びやかな服装のルクシアがいた。

煌びやかながらも、無駄な装飾品などは一切していない。

緑と白を基調としたその服からはある種の高貴さが伺える。

対してフーロイドは自身の背丈と同じくらいの杖を手にしている。

歩くたびにカツ、カツと音を出す木造の杖。

頭に深々と被るのは、魔法関連の職に就く者がよく被るとされる円錐状の帽子、エナン。

「魔法力測定の基礎じゃの、白球浮動。ルクシアもよくやっておったのぉ。最初は頭上がいっぱいいっぱいだったの、お主。今はどれくらい浮かせられるかな？」

「初めて弟子入りさせていただいた頃は確か……フーロイド様のボロ家の天井に届くほど、でしょうか」

「ボロ家で悪かったの」

「今では、そうですね、オートル魔法研究所の頂ほどでしょうか」

ルクシアが見上げたのは王都で最も高い建造物とされるオートル魔法研究所。

フーロイドもそれを見て、「まだまだじゃな」と戒めの言葉を発した。

「はいっ」

そんなフーロイドの言葉に、半歩後ろに下がっていたルクシアは手に持った白球をアランに手渡した。

小さな手に渡されたその白球を見たルクシアは、もう一度確認を取るかのように己の師を見上げる。

「フーロイド様、本当によろしいのですか？」

ルクシアの問いに、フーロイドは「よいよい」と皺を寄せた。

「この頃になれば第一次魔法成長期が起こるじゃろ。その時の子供ほど面白きものはないのでな」

「で、ですが、わざわざフーロイド様が見られるほどではないではありませんか。それしきのことならば私だって」

「ただの老骨の気まぐれじゃよ。それにファンジオはいつもなかなかに良き品物を提供してくれるのでなぁ。ファンジオ。主、この小倅は猟を継がせるつもりなのか？」

フーロイドは顎鬚に手を当てながら問うた。

「よし、行け、アラン！」

フーロイドの問いに笑みを浮かべながら、ファンジオはアランの背中をポンと叩いた。

そんな様子をじっと見守るマインを一瞥したファンジオ。彼女が苦笑いを浮かべたのを確認して、ふと呟いた。

「前までは、そう考えてたさ」

同時にアランは白球に力を込めた。

「こんにゃろ――――っ‼」

もはや魔法発動の合図とも呼べるその掛け声とともに、アランの手には膨大量の魔法が集約し始める。

「何じゃと？」

「――っ！」

アランが魔法を手の上に集約させたその直後、フーロイドとルクシアの表情が、余裕のそれから驚愕へと変わった。

「にゃ――ろおおおおおおお‼」

突如、アランを中心としてそよ風にも似た空気が吹きあがる。

膨大な魔法力が白球内で暴発、制御できなくなり、外へと逃げ出した事による微かな風だった。

大気中、そして地面の塵、埃がアランに向けて円を描くように吹き荒れた。

そよ風は、暴風へ。

王都一角に巻き上がった砂嵐は、フーロイドの家の壁をぺりぺりとはがし始めていた。

「こ、これは……！」

思わず、ルクシアが口にした。

彼女がふと隣を見てみると、そこには師の輝かしい目つきが入っていた。

「俺もこれを見てから気が変わったってわけだ」

白球はすさまじい速度で上昇していった。

ファンジオの意を疑う者はいない。

アランは先ほどの魔法で力を使い果たしたようで、マインの背で疲れに身を任せてしばらくすると眠りについていた。

「なるほどの。主が豪語するだけのことはある」

フーロイドは一家を自室に招き入れた。

○

○

○

フーロイドの所有する木造の一軒家。

至る所に年季の入った証拠が見える。

中央に置かれた机を囲むのはアランを抱いたマイン、ファンジオ。その対面に座るフーロイド。

ルクシアは無言で紅茶を注いで三人の前に置いて、フーロイドの後ろに立つ。

「その子からは魔法属性が感じられなかった……が、その代わりに強大すぎるとも言える魔法力を含有しているといったところか。『特異者《とくいしゃ》』と呼ばれる者の類じゃな」

マインが首を傾げていると、フーロイドの後ろで待機していたルクシアが口を開く。

「端的に言えば、単なる魔法を使うだけの人間ではないということです。魔法を、常人とは異なる方法、属性で操る者のことを総称して『特異者』と呼称するのです」

ファンジオとマインはお互いに目線を合わせた。

ルクシアは続ける。

「特異者といえば、ある世代に固まって発現されるともいわれています。王都にはもう一方の特異者がいることから、ちょうどこの子たちの世代がそれなのかもしれませんね」

すると、今まで口を閉ざしていたフーロイドはにやりと口角を吊り上げる。

「噂には聞いておらぬか？　エーテル・ミハイルという女子《おなご》の話を」

その言葉に、ファンジオとマインは肩をふるわせた。

「『神の子』……ですね」

マインの言葉を聞いたフーロイドはこくりと頷いた。

「彼女の持つとされる『海属性』の魔法も、特異者と呼ばれるものじゃ。主の子も同じ理屈じゃろ」

フーロイドは木の杖を眺めながら呟いた。

『特異者』の属性発現はそれこそ人それぞれじゃ」

先ほど膨大力の魔力、そして驚異的な白球浮動をしたアランを見る大人達。

「こやつほど将来が楽しみな者を、ワシは見たことがない。紛れもない天才、という奴じゃのぉ」

「……はぁ」

ファンジオの素っ頓狂なため息にも似たそれに、歯をぎしりと鳴らしたのは、後方待機のルクシアだった。

「フーロイド様は、確かな実績のある大宮廷魔術師様です。その方が自ら見出したということを……！」

「やめぬか見苦しい」

「で、ですが！　フーロイド様を少しだって！　先ほどにしろ、天下のフーロイド様に対して！」

「ルクシア」

冷たい声色だった。

その声色に対してギクッと足を半歩下げたルクシアはたじろいだ。

「で、出過ぎた真似を……お許しください！」

ルクシアは反省の意を示して引き下がり、フーロイドはにこりと笑みを浮かべる。

「さて、ファンジオよ。このことを踏まえてお主に提案がある。その子をワシの弟子にさせてくれないだろうか」

フーロイドは、まるで孫を見る祖父のような表情で言った。

それに驚くのはマイン、そしてファンジオ。

「ワシの余生をつぎ込んで、ぜひともこの子を、アラン・ノエルを育て上げてみたくなってのぉ」

古びた一軒家に、様々な感情が渦巻き始める。

その後ろでは、小さく、誰にも見られないほどの挙動で唇をきゅっと結ぶルクシア。

「フー爺の弟子に、アランを……か」

フーロイドの言葉を、ファンジオは頭の中で何度も何度も反芻する。

宮廷魔術師フーロイドといえば、魔法具理論の産みの親として名高い。魔法力を注入することによって発動する魔法具は、今やアルカディア王国全土でめざましい発展を遂げている。

とはいえ、ファンジオもそれを知りつつの対応だったわけではあるが。

マインの太ももの上で、すやすやと眠りについていたアランがふと目を覚ます。

ファンジオは隣のマインと目を合わせる。

彼がここに来た一番の理由は、アランの魔法について知ることだ。

そんな静かな沈黙を破ったのは、意外にもマインだった。

「もしも」

「――？」

「もしもアランをフー爺……いえ、フーロイドさんに預ければ、この子もいずれ、今のような仕打ちは受けなくなるんでしょうか」

その悲痛な言葉に、ファンジオは拳をぎゅっと握りしめる。

「私はこの子を産んだこと、今でも後悔していません。ですが同時に、申し訳なく思うことがあるんです」

寝ぼけ眼を右手で擦りつつ起き上がるアランの頭を、マインはゆっくりと撫でてやる。

そんなアランを見つめるマインの視界が一気にぼやけていった。

「この子も、生まれが違えば『神の子』と、崇拝されていたのかと思うと……『悪魔の子』と罵られて、村の皆とも遊べないこの子のことを思うと、申し訳なくて……アランに、どんなに謝っても謝り切れない気がして……！」

「ママ、かなしい？」

そんなマインの頬を流れる涙に触れたのは、アランの小さな手だ。

「わらってよ。かなしいの、いやだもん」

小さな腕で手を伸ばして母親の涙を拭うその姿を、紅の瞳で見据え続けるルクシア。

そんな母と子の思いを聞きとめたフーロイドは、息を吐いて呟いた。

「それは無理じゃ。特異者の資質を持った者は、どこに行けども非難は付き物じゃからの」

「そう……ですか」

「ただ、この子がそんなくだらない批判や異端の目を跳ね返すほどに強くなれば、話は別となるがの」

フーロイドはにやり、口角を上げる。

「この世界は強さが物を言う。突出した才覚は妬まれるのが世の常よ。じゃが、頼られるのもまた突出した才覚の持ち主じゃ。だからこそ、そこには人が集まる。人が慕う。自らよりも強い希望に縋りたくなる。突出した力が、希望になる」

アランが、小さくあくびをしたのを見て声を上げたのはルクシアだ。

「無理にこの子供を弟子にする必要はないのではありませんか？」

「なぜそう思う、ルクシア」

フーロイドは白く伸びきった顎鬚に手をやる。

「この子は、聞くところによればまだ四歳と言うではありませんか。そんな時期の子供を親から引き離してむりやり弟子に、というのは賛同しかねますが」

ルクシアの責め立てるような言葉に、フーロイドは「ほっほっほ」としわがれた笑いを口にする。

「主は何か勘違いしておるようじゃの、ルクシア。ワシは何もこの小倅をそのままワシに預けろなどとは一言も言っておらんぞ」

「……ですが、師弟の契りを結ぶのであれば弟子が師の近くにいなければならないのは定石です。となれば、この子は必然的にフーロイド様のお近くへ、となりますが」

「ま、そうじゃの。かといって、弟子が師に寄り添うのではなく、師が弟子に寄り添う形があってもよかろう？」

フーロイドは、アランを見て笑みを浮かべる。

「ワシが毎日主の家に遊びに行くような感覚を持っておればよかろうて。いわば家庭教師みたいなものじゃの。っほっほっほ」

カラカラと笑い声を浮かべるフーロイドに、ルクシアは観念したように、再び後ろに下がっていった。

「ところで、ファンジオ、マイン夫妻や」

ルクシアが納得したように一歩下がったその時に、フーロイドは「どうじゃ？」と問いを投げかけた。

「その子、改めて面倒を……家庭教師役を、ワシに任せてはくれぬだろうか」

杖を机にかけ、すっと座って頭を下げるフーロイド。

「この通りじゃ」

まさに誠心誠意。そう言った言葉が正しいとも思える礼儀正しいお辞儀に、両親はアランに向き直る。

夫婦を代表して、アランに声をかけたのはファンジオだ。

「アラン、お前の持っている魔法能力を最大限引き出してくれるんだってさ、この爺さん。どうする？」

「このおじいちゃんといれば、いっぱいあそんでもらえるってこと？」

アランの無邪気すぎる一言に「おじいちゃ……!?」と驚愕の表情を現すルクシアを差し置いて、フーロイドは笑う。

「ああ、そうじゃぞ。アランの家にワシが毎日遊びに行くだけじゃ。おじいちゃんの遊び相手になってくれんかの？」

遊び相手――と。そう聞いた瞬間、アランの寝ぼけ眼は一気に覚めていった。

「お、おじいちゃん！　あそんでくれるの！　ホント！　あそぼ！　あそぼ！　ぼくね、やりたいこといっぱいあるんだ！　あのねー、魔法おにごっこでしょ！　かくれんぼでしょ！　キャッチボールでしょ！」

今まで遊べなかった鬱憤を晴らすかのようにまくしたてるアランをよそに、両親はそろってフーロイドに感謝の意を述べる。

こうしてアランは、元宮廷魔術師のフーロイドと、少し変わった師弟関係を築きあげたのだった。

第三章
平穏な日常

「この球、受けられるものなら受けてみなさい！」

ルクシアは手に持った白球に可能な限りの魔法力を込めた。

アラン宅の前に広がる草原、その一角で膨大量の魔法と魔法が火花を散らそうとしていた。

「こおい！　今日はいっぱいまほうが使えそうだからね……。見てて、フー爺！」

草原の前で対峙する二人。

尖った耳と肌の白さが最大の特徴である長寿のエルフ族にして、元宮廷魔術師フーロイドの第一弟子、ルクシア・カルファ。

翡翠のロングストレートに紅の鋭い眼光がアランを刺す。

修行服の隙間から見える白い肌が太陽に反射していた。

対して背も伸び、無邪気さと悪戯心が増したものの魔法力の扱いも上手くなった、同じくフーロイドが二番弟子、アラン・ノエル。

少しだけ伸びた髪が、ルクシアの発する魔法力で生じる風に揺れた。

「……よぉし！」

アランはにこりと幼げの残る笑みを浮かべる。

その両手には、ルクシアの白球をいなして反射させるに十分な魔法力が込められていた。

アランは六歳になった。

フーロイドの弟子になってからはや二年。その間に彼の魔法コントロールは格段に成長していた。

大量の魔法力を制御することを覚え始めた上に、第一次魔法成長期だったのもあって、アランの魔法力はその質も、量も、爆発的に飛躍していったのだ。

二年前までは魔法力測定の基礎である「白球浮動」に関してはまるで制御が出来なかったものの、今では自身の頭上に浮動させ、はたまた天まで見えなくなるほどに浮かせることもできる。

『ほ、ほう……きゅ、及第点じゃの』

アランの魔法制御の成長を見届けているフーロイドが目を白黒させて驚きを隠せないほどに、アランは魔法力の制御、蓄積量ともに既に常軌を逸している。

それは、アランが五歳になってまもない頃の話だった。

それから更に一年、彼の魔法力は更に蓄積量や放出量を増している。

そんななかでここ最近、アランとルクシアがそれぞれ遊びのようにしている修行方法がある。

広々とした草原で対峙する二人を遠目で見つめるのは、彼らの師であるフーロイド。

初めて出会った時と同じようにボロ雑巾のような薄汚れたフードを被ったフーロイドは、二つの魔法力を肌にピリピリと感じながら小さく呟いた。

「『魔法キャッチボール』。手を使わずにボールを投げ、取る。その繰り返しじゃの。それはそうと、お主等はもう少し楽しんで修行を行えぬものか」

そんな師匠の嘆息に紅の鋭い眼光で睨み付けるのはルクシア。

「修業は遊びではありません。いつまでも遊びだと考えているアラン君には、少々お灸を据えなければなりませんから」

その殺気を知ってか知らずか、アランは無邪気な笑みでルクシアを待つ。

「まだアランは魔法属性が開花していないのでな。ルクシア。ほどほどにの？」

「ええ、分かってます。私とて修行に卑怯な技を持ち込むような真似は決して致しません。フーロイド様の名に誓います」

ルクシア・カルファはエルフ族に最も多い風属性の使い手だ。

その魔法力を媒介に濃密度の風を精製するルクシアの魔法にも、フーロイドは期待している。

「こんなところで、こんなところで止まっている場合じゃないんです！　行きます！　アラン君！」

そう宣言したルクシアは、右手の上に白球を浮かせる。

『白球浮動』を応用させた魔法術。

魔法キャッチボールは、普通のキャッチボールとは形式が少しだけ違う。

『白球浮動』を応用させて球を浮かせた後、本来は上に向けて発射する魔法力を、捕球する側の人間に向かって飛ばす。

上ではなく横に向かって飛ぶその白球の速度は、『白球浮動』のスピードよりも遥かに速いものとなる。

ルクシアは右手に体内の魔法力を集約させていく。属性を付加させずに放つ分、魔法力のロスはない。

単純に魔法量、そしてコントロールを駆使したものとなる。

「ハッ!!」

ルクシアの気合いと共に、彼女の掌にあった白球は、魔法の力に後押しされてアランに対して一

直線に向かっていく。

周りの草々を大きく揺らすほどに威力のある白球。その先にいるアランはすぐさま両手に魔法力を込めた。

「ねーねーフー爺！　ぼく、おもしろいことできるようになったんだ！」

「……む？」

二人の修行風景を見守るフーロイドに、アランは無邪気な子供らしい表情で白球を見つめた。

通常、魔法キャッチボールの捕球方法として主にあげられるのが、迫りくるボールに対して魔法力を噴射。その後威力を一度完全に相殺しきった後に掌で白球浮動させ、一呼吸おいてから相手に返すのが一般的なやり方だ。

だが、アランは。

「いっけぇぇぇぇぇぇぇぇぇぇぇぇ!!!」

ルクシアの放った剛速球に一つも臆することもなく、両手から彼女を遥かに上回る魔法力を噴射した。

「――な!?」

その行動を見たルクシアの口から思わず驚愕の声が漏れる。

同じく、二人の修行を見守るフーロイドは「っほっほっほ」と乾いた笑い声を出していた。

「おりゃぁぁあああ!!」

通常は噴射し、威力を相殺し、掌で白球浮動をさせた後にもう一度魔法力を噴射するという行程の半分以上をアランは省略。

　膨大量の魔法力を噴射し続けることにより、白球の威力相殺と投擲をまとめたのだった。

ただ、それは相殺する時間と再び噴射する時間の行程を省くだけの簡単なものではない。

　常に一定、そして膨大量の魔法力を噴出し続けなければならない。すなわち、とてつもない量の魔法力が消費されるということだ。アランの膨大な魔法力に裏打ちされた、アランだけのやり方と言っても過言ではない。

「ってどこに飛ばしてるんですか⁉」

「あれ？」

　アランの方法で威力を完全に相殺されて、ルクシアにはじき返されるはずだった白球は、彼の思惑を超えて見当違いの方向へと吹っ飛んでいく。

「いかんせんルクシアほどのコントロール能力はないの。まぁ、そこはおいおい鍛えておけばよいところで……」

　ふと、杖を手にしたフーロイドが自身の後ろにある白い倉庫を指し示した。

「最近よくここを訪れているようじゃの。うまく魔法力を掻き消そうとはしているが、ワシの前では無駄なことじゃぞ」

　穏やかな笑みを浮かべるフーロイド。

　その真意が分からずにいるアランとルクシアが頭の上に疑問符を作るなかで、三人はそろって白い倉庫を注視した。

「恥ずかしがらずともよいではないか。何ならワシが主を引きずり出してもよいが……どうするかの？」

その穏やかながらも冷徹な笑みに圧されたのか、白い倉庫の後ろから麦わら帽子を被った茶髪の少女が姿を見せた。

「えっと、えっと……」

あわあわと口を隠そうとするその少女を見たアランは、目を輝かせる。

「あ、シルヴィちゃんだ！　ひさしぶりだねー！　ぼくだよ、アラン！　おぼえてるかな⁉」

そのアランの無邪気な叫びに、フーロイドは呟いた。

「そもそも覚えていなければ来るものか、馬鹿者」

白い倉庫の影から震えるようにして出てきたのはシルヴィ・ニーナだった。

「うぅ……か、勝手にのぞいて、ごめんなさいぃ」

本格的に夏に差し掛かった今、被っていた麦わら帽子に太陽の光がきらきらと反射している。

真っ白いさわやかな服装と、肩まで伸びた茶髪の少女は、おどおどしながら三人の前に姿を現す。

「ふむ、コシャ村の娘か。本来なら追い返すところだが、それはいわゆる大人の事情とやらで子供に罪はあるまいて」

言いながら、フーロイドはため息をついた。

「シルヴィちゃん！　久しぶり！　うわー！　すっごく久しぶりだね！」

その目は光り輝いていた。

久々に話した友達なのだろうとルクシアは静観していたが、フーロイドは面白くないといった風にそっぽを向いている。

純粋な目をしてアランに言い寄られるシルヴィは、気恥ずかしそうに頬を染めるだけだ。

「陰で見つめているだけなど、何も面白くあるまい」とつぶやくフーロイド。

シルヴィは、フーロイドたちがアランの家に来るようになってからほとんど毎週のようにここに顔を出していた。

とはいえ、倉庫の陰からずっとアランを見守っているだけなのだが。

それに見兼ねたフーロイドが声をかけたのだ。

「少々早計じゃったかの」

フーロイドは、杖に込めていた魔法力を分散させる。

無邪気にも、フーロイドが蛮族だと感じている村の娘に近寄るアランだったが、まだ六歳。

遊びたい盛りなうえに、毎日毎日、年上のルクシアと遊んでいるのも気が引けるだろうと判断したフーロイドは、ルクシアを近くに呼び寄せた。

「ワシらは邪魔じゃろ。一度家の中に入るぞ」

フーロイドはアランに向けて声をかけた。

不思議そうに首をぐるりとまわしたアランに、フーロイドは杖で指し示す。

「お邪魔虫は家の中で主の両親の手伝いをしておろうかと思っての。早めに切り上げるがよい。修行が進まぬからのぅ」

「わかった！　あのね、シルヴィちゃん！　ぼくねー！」

「……あやつ全く人の話を聞かんのぅ」

フーロイドの嘆息に、タオルで額の汗を拭い始めたルクシアは苦笑する。

「アラン君もまだ六歳じゃないですか。同世代のお友達、というのも大切なのではないでしょうか。先ほどの子は、ほかの村連中よりも多少は良識を持っていることでしょうし」

「あの齢《よわい》で魔法力を多少なりとも意識的に緩和できるということ自体、かなり優秀じゃしのぅ。アランやお主ほどではないが、彼女もそれなりには魔法を心得ておるようじゃ。それに一年近くも通っておれば、多少は技も盗めよう」

「一年!?　一年も彼女、ここに通っていたんですか!?　私たちにばれないように！」

「もはや、正気の沙汰ではないがの」

「なんでおっしゃってくださらなかったんです！　わかっていたら追い返していたものを」

「放っておけば勝手に飽きるじゃろと思っておったんじゃ」

「そ、それで一年ですか。それは、なんというか……」

そんな会話を繰り広げつつ家の中に入っていく二人の姿を後ろ目で見ながら、アランは久々の同年代の子との会話を楽しんでいた。

そして、次の日。

「ど、どうも、シルヴィ・ニーナです。アラン君に言われたのできました。よ、よろしくお願いします ッ！」

もじもじとした様子だが、確かな意志がそこにはあった。

服装は昨日とは違い、機能性に優れたものだった。

いざ修行と、そう心構えていたフーロイドとルクシアが口をあんぐりと開けているなかで、本人であるアランは「にひ～」と無邪気に笑う。

「こっちがね！　ぼくにまほうおしえてくれてるフー爺！　で、こっちのひとはいっつもあそんでくれてるルクシアさん！　シルヴィちゃんも、まほうおしえてほしいっていってるから、いいでしょ!?」

キラキラとした笑みを浮かべるアラン。

恥ずかしがりながらも律儀にぺこりとお辞儀をするその少女。

「フー爺さん、よろしくおねがいします！」

「あ、アラン。昨日この子と何を話したんじゃ？」

「いっしょにまほうべんきょうしよっていっただけだよ？」

「わ、ワシがそれを許可した覚えは一つもないんじゃが……」

「でもぼく、シルヴィちゃんといっしょにべんきょうしたいもん」

ぴくぴくと眉を顰めるフーロイドだったが、次第にルクシアが目を尖らせていく。

「ふ、フーロイド様の弟子になるということがどれだけの価値なのか分かっているのですか！　アラン君！　あなたは今、とんでもないことを……」

「だ、ダメなの？」

ルクシアが我を忘れて激昂する頃には、アランの眼には少量の涙が溜まっていた。

「ぼく……みんなでなかよく遊びたい！　シルヴィちゃんと、フー爺と、ルクシアさんとでもっともっと遊びたいもん！　みんなで遊んだほうが楽しいよ！」

「ほ、ほっほっほ……」

アランの涙声の訴えによって、フーロイドはもはや笑うことしかできずにいた。

「む、無邪気がすぎるのぅ」

涙目で訴えかけてくるアラン。

それに対しておろおろと目線を飛び交わせるシルヴィ。

歯をぎしぎしと鳴らすルクシア。

板挟みになったフーロイドは「っほっほっほ」と再度乾いた笑みを浮かべた。

半分、ヤケクソ気味に。

その日。なし崩し的にシルヴィ・ニーナがアランと同様にフーロイドの第三弟子に加わったのだった。

「わ、私がフーロイド様に弟子入りするのにどれだけ、どれだけ……!?」

そんなルクシアの小さな悲鳴が、風の吹く空に小さく消えていった。

「ところでお主は、いつまでここにアランを置いておくつもりじゃ？」

フーロイドは、眼前ではしゃぎながら遊ぶアランとシルヴィを眺めつつ、ファンジオに問いかける。

フーロイドの素朴な疑問に、アラン達には見えないようにして今日の狩りの成果でもある筋肉狼《マッスルウルフ》の解体を進めていくファンジオ。

「いつまでってのは、どういうことだい？」

「決まっておろう。主はいつまでこんなところで時間を無駄にしておる」

「…………」

「コシャ村の連中はいつこの家を狙いに来るか分からんぞ。あの蛮族集団じゃとな。気付かぬうちにアランが攫われでもしたらどうするつもりじゃ？」

その言葉に、ファンジオは何も言い返さない。

苛立ちを抑えつつフーロイドは長い白鬚に手をやる。

「定住権も得られていない俺たちに、王都にでも住めってのか？」

「ワシらが匿うと言っておろうに」

「それでも人権はないことに変わりはない。匿うってことは、日陰者のままってことだ。それこそ今より更にキツい迫害が待っているに決まってる。俺やマインはまだ許せる。だが、アランにそんな思いは微塵もさせたくはねぇ」

「お主も頑固よのぅ。それならそれであやつだけは守ることじゃ。才能の芽をつぶすことだけは、このフーロイドが許さぬぞ」

穏やかな笑みに裏打ちされたのは、冷徹な感情だった。

王都への定住権。

この国における王都とは他国よりも様子が少し違う。オートルという一個人が栄えさせたその場所は貴族が蔓延っている。

王都に住む、ということはそれだけで身分が保証される。

そのため、『住む』だけでも相当な税金が課せられることになる。村の暮らしを続ける一家が王都での税金を継続して納めるのは厳しい。

「アランを宮廷魔術師にでもさせることができれば、お主等はその親族として定住権を得ることはできるが？」

「どういうことだ？」

「アランの魔法に関しては分からないことが多い。じゃが、オートル魔法研究所が四年に一度募集する宮廷魔術師採用試験に合格すれば、晴れて研究所の一員となる。狭き門じゃがの。この国、ひいては他国の様々な研究の最先端を知ることができる。そこにアランを入れて、自身の魔法について調べさせてやるのも一つの手、ということじゃ」

「アランの魔法……か」

「ワシはもう引退しておるので、力になれんがのぅ」

フーロイドの話を聞きながら、ファンジオは小さく唸る。

「アランの行く先はアランが決めれば良いさ。選択肢は一つじゃないんだからな」

飄々と答えるファンジオに対して、フーロイドは戒めるように釘を刺す。

「お主は、かの村のようなつまらぬ思考はするでないぞ」

「本当にフー爺はコシャ村が嫌いなんだな」

ファンジオの苦笑に、フーロイドは「ふん」と鼻を鳴らした。

「アラン、シルヴィ。遊びは終わりじゃ。二人には次の試練を与えよう。アラン、お主は魔法力の消費が過ぎる。もうちと制御するということを覚えよ。シルヴィ、主はともかく体内の魔法術コントロールに長けておるのじゃから、そこを上手く活用してじゃの。お互いの長所が、お互いの短所になっとる。そこを補い合うとよい」

そう、幼い二人に歩きつつ指導を加えるフーロイドは、さながら二人の先生のような存在だ。

「つまらねぇ思考……か」

ファンジオは小さく嘆息して、再び筋肉狼《マッスルウルフ》の解剖体を一瞥した。

「みなさーん、少しいいですかー？」

そんな時、家の方から聞こえてくるのはルクシアの声だ。

その隣には、エプロン姿のマイン。

「ごはんですよー」

そんな二人の声に、外にいた面々はそれぞれの作業を切り上げて食卓に集合した。

○　○　○

家の奥では、昼食を作るマイン、それに師事するルクシアの声が聞こえてくる。

ルクシアの料理は、それほど抜群というわけでもない。

普段フーロイドに振る舞っている食事も美味くもなく、不味くもなくといった具合だ。

だからこそ、味に飽きる。

それはルクシア自身も気にしていたらしく、アランの修行相手として生活する傍らでマインに料理を教えてもらうことも始めていた。

「作ってみましたが、何というか、とんでもなく美味しくもなく、不味くもないんですよねぇ」

ルクシアの説明を受けた三人は同時にぱくり、口に含んだ。

「普通じゃの」

「普通だな」

「と、とてもおいしいとおもいます！」

「おいしーい」

ルクシアの作った料理に手をつけつつ、フーロイド、ファンジオ、シルヴィ、アランは呟いた。

四人の前に置かれた二種類のカレー。

その反応を受けて、マインはにっこりと笑みを浮かべる。

「ファンジオの取ってきた筋肉狼《マッスルウルフ》の筋を野菜と一緒にじっくり煮込んだ狼肉スジ煮込みカレーよ。筋肉狼自体は本来獣臭いものだけど、下処理さえちゃんとしていればとても美味しく食べられるの。筋肉狼自体も、高級肉なのよね！　すじ肉カレーにぴったりなんだから」

マインの説明と共に、フーロイドがぱくりと口に含む。

「ふむ。ルー自体にもまろやかなコク、味の染み渡った野菜に、食欲をそそられる狼肉。ほーぅ、本来獣臭い筋肉狼……それもすじ肉を、よくここまでふわふわにこしらえられるもんじゃのぅ」

「コシャ森の山菜の香りも強いな。なるほど、あそこの草はスパイス向きのものもあるが、それも組み込んだのか」

「お、おいしすぎます……っ!!」

「おーいしーい!!!」

それぞれのカレーを食べた四人の反応を見て、ルクシアはがっくりと肩を落とした。

「か、完敗です……！」

「ふふふ、まだまだねルクシアさんっ」

そんな二人の様子を見て、フーロイドは嘆息気味に問うた。

「ルクシア、お主最近魔法の修行してなかろう。何をしておるのじゃ」

「私は、そこまで料理を得意としているわけではありません……」

「じゃろうな。美味くもなく、不味くもなくといった感じかの」

「ですから、私はマイン先生に師事することにしたのです！　何の料理でも美味しく仕立て上げるマイン先生に教えをいただければ、私はもう一段、実力アップするのです！」

マインの作ったカレーをぱくりと口に入れながら、ルクシアは宣言した。

「何か違う。何か違うが、まぁいい。お主の本分はそこではないことも踏まえた上で、自由にすると良い」

「そういうことなので、フーロイド様。しばらく魔法の修行はお休みさせてください！　私はマイン先生に師事していっそう自らの料理道を突き進みます！」

「お主も、人の話を聞いておらんのか!?」

フーロイドはため息をついた。

○
○
○

透き通るような肌に、銀に輝くロングストレート。

華奢な身体で料理を作るその姿はとても人妻とは思えない若々しさがあり、まるで二十にも満たない少女のようにさえ見える。

そんなマインの隣で力なく項垂れるのはルクシア。

ゼロ勝十敗。マインに料理勝負を持ちかけたルクシアの戦績は、無残なものだった。

十敗目を喫した今日も創作料理を振る舞ってみるも、反応は芳しくなくルクシアは皿の後片付けを手伝いながら、マインに問う。

「なかなか美味しく作るのが難しいんですよね……。マインさんのお料理はどれも美味しいんですが、やはり『美味しく作るコツ』っていうのはあるんでしょうか？」

マインは、にっこりと笑顔を浮かべた。

「ええ。特に私は、ファンジオがいつも万全の体調で狩りに出向けるように。そして第一次魔法成長期に差し掛かったアランが魔法の勉強に打ち込めるように。特にアランはお肉が大好きですから、野菜もちゃんと取れるようにしたり、お肉を使っても、ファンジオが狩りにいくのに胃にもたれすぎないようにとか、様々ですね」

「ほ、ほぉぉぉぉぉぉぉ!!」

マインの慈愛に満ちた瞳に身体を震わせるルクシアは、質問を続ける。

「やはり、その中でマインさんは独自の調理法を試してみたりはするんですか!?」

「それはよくありますね。私たちは追いやられたこの環境もあって食物を少しも無駄にできないので、できるだけ食材すべてを使うように工夫しています。とはいっても、失敗することはありますよ。アランが四歳の時なんて、私が不注意でお肉を焦がしてしまったんです。あの時は本当に大変でした。泣き叫ぶアランをなだめるのは苦労しましたね」

と、過去の話も交えて苦笑いをするマイン。

興味津々にメモを取るルクシア。

「で、では、マインさんのお料理の源にあるのは、ファンジオさんやアラン君への大切な想い、ということでしょうか！」

「ええ。コツではなく、気持ちについてのことになってしまいますけどね」

マインは、思い出すかのように遠い目をした。

「もともとファンジオと出会うまでは私、あまり料理自体は得意じゃなかったんですよ」

「では、ファンジオさんと出会ってから？」

怪訝そうなルクシアのふとした質問に、マインはポッと顔を赤らめる。

「最初に彼に出会った時は森の中だったんです。私が鍋の出汁を取るために森に入った時に、単独で猟をしていたファンジオに出会って。彼は、コシャの森で『豪鳥』という鳥を二匹抱えて帰っていたんです」

「豪鳥というと、王都でも高値で売買される、鳥の珍種じゃないですか！」

「ええ。それを捕獲して、コシャ森の奥深くから戻ってきたところだったんです」

「ほうほう！」

「その時に、山菜を取っている私を手伝ってくれたんです。自分も疲れていたのに、そんなことまったく感じさせないんですよ。そこでお礼をしようとして家で料理を振舞ったんです。彼が持っていた『豪鳥』を捌いてもらって、まとめて調理させてもらったのが彼との始まりです」

過去を懐かしむかのようなマインの様子に心を奪われたルクシアは、メモを取ることすら忘れ、一人の乙女としてファンジオとマインの馴れ初めに耳を傾けていた。

「そこで作った料理を、彼に『美味しい！』って言ってもらって本当に嬉しかったんです。でも、後になって自分で食べてみたら、砂糖と塩を間違って入れてたり、お肉が所々焦げてたり……散々。それから、申し訳なくなっちゃって、それから何度も料理の知識と技術を身に着けようとしてファンジオを家に招いたりしてたんですよ」

「……家に、ですか？」

「ええ、だって悔しかったんです。美味しくない料理を振る舞い続けるままに終わるなんて。それでもなかなか上手く行かなくって。それなのに彼はずっと『美味しい』って言い続けてくれた。それで私が『美味しくなかったら言ってもいいよ』って言ったことがあるんです。そしたら、彼――」

マインは顔を赤らめながら壺に入った特製のジュースをお玉で混ぜ始めた。

「『君の作る料理はいつもいっぱいの努力が詰まってる。美味しくないわけがないよ』って……」

「きゃー！　ファンジオさんとマインさんのロマンス！　ロマンスですね！」

「ふふ。あの時のことはファンジオも笑ってました。でもついこの間、そのことを話したら『今も昔も変わらずにお前の料理は美味しいんだ』って。嬉しいこと言ってくれました」

マインが頬を染めて馴れ初めを語るのを、ルクシアは翡翠の髪を振り乱し、紅の瞳をくるくるとまわしながら興奮気味に聞いた。

「素敵です！　素敵すぎますお二方！」

「作る人のことを思って、それぞれに相性の良い行程を一つくわえると、それだけでも美味しくなるのです。フーロイドさんを思う心に関しては、ルクシアさん、あなたが一番だと思います。頑張りましょう」

「はい、マイン先生！」

○

○

○

「と、いうことでフーロイド様！　どうぞ！」

アランの家から帰宅したフーロイドを待っていたのは、ルクシアの作った鍋だ。

だが、あきらかに、今までのものと色が違う。

黒や、ピンクや、青が混ざった、禍々しさがそこにはあった。

「マイン先生はおっしゃられました。料理は一つの工程を付け加えるだけで素晴らしい物に生まれ変わると！」

グツグツと煮えたぎる鉄の皿を見たフーロイドは思わず歯をぎしりと鳴らした。

「マイン先生はおっしゃられました。作ってあげる人のことを考えて料理をすれば、おのずとそれはおいしくなるのだ、と」

「何を入れたのじゃ貴様……」

「フーロイド様は最近お疲れ気味ですので、滋養回復によく効くと言われる赤亀《レッドタートル》の脳髄！　集中力を高められる蒼毒サソリ！　そしてその毒を中和するための凶喰熊《イート・ベアー》の睾丸と延髄を粉末にして掛け合わせました。ワンスパイスってやつですね！」

「お主はマインから何を学んだのじゃ⁉　一つの行程とは劇物を作り出すモノじゃとでも習ったのか愚か者！」

「で、ですが味は保証します！　赤亀《レッドタートル》は毒こそ生成しますが、延髄と脳髄から発せられる特異物質で中和されると――」

「そんなワンスパイスはいらん！　お主は頼むから忠実に作れ！」

「いいえ、私はフーロイド様よりもマイン先生を信じます！　マイン先生は神様なのですから！　マイン神に栄光あれ！」

もはや狂信者と化したルクシアは聞く耳を持たなかった。

一週間相当の食事代を全て赤亀《レッドタートル》、蒼毒サソリ、凶喰熊《イート・ベアー》購入につぎ込んだルクシアに恨み節を言いながらもその料理を食べた瞬間に。

――フーロイドの喉と胃が死んだ。

「ふ、フーロイド様！　どうされましたか⁉」

薄れゆく意識の中で、『こいつにだけは今後一切料理を作らせまい』と決意を固めたフーロイドだった。

○　○　○

「ねーねー、パパ。ルクシアさんとフー爺、なにしてるの？」

「……さぁな」

修行が終わりフーロイドも帰って、一休みするアランは、ファンジオに問う。

すると、マインがリビングで夕食の準備をしつつ微笑んだ。

「フーロイドさんのために、美味しい料理を作ろうとしてるのよ、ルクシアさんは。可愛いじゃない」

楽しげにルクシアのことを思うマインは、王都の片隅で倒れたフーロイドのことを知る由もなかった。

○　○　○

「村長。許可をください」

数人の男たちが村長に詰め寄り、直談判を行っている。

「むぅ……」

頭を悩ませているのは、村長であり、子供たちの大将ゴルジの祖父でもある、オルジだ。

「十分な価値はあるかと」

そう進言したのはシルヴィ・ニーナの父、エラムだ。

その背後には村中の屈強な男たちが、村長の下す決定、そしてエラムの直談判の行方を見守っている。

「アーリの森は現在、『悪魔の家系』であるファンジオ・ノエルが牛耳っています。ですがあそこにあるのは潤沢な資源。みすみす奴に渡す手立てはありません。それに奴は悪魔の一族です。伝承にも残る天変地異《オルドランベル》が起きる前に殺さねば、我々の身も危うくなりましょう」

「できることならば触りたくないんじゃがの」

制止するような村長オルジの言葉に、エラムは黒々とした顎鬚に手をやりながら口を開いた。

「災いは、降りかかる前に消してしまえばいいのです」

エラムの脳裏に浮かぶのは、アランの姿だ。

自身の娘とそう変わらない年の男の子に、同情することもあった。

だが、天候予測をするような者はこの世に天変地異をもたらす。

そう、古来より言い伝えの残る者を残してしまえば、いずれは自分たちの娘にさえ災禍がふりかかってしまうかもしれない。

それは断じて避けなければならない、そうエラムは心に誓っていた。

「奴らは所詮、『悪魔の家系』。我らの子らに災いが降りかかってからでは、遅いのです」

「アーリの森は危険指定地帯にも登録されておろう？　何が起きても、おかしくはあるまい」

そんなオルジの心配する様子を慮《おもんぱか》ってか、エラムは檄を飛ばす。

「ここにいるのは皆、歴戦の猛者ばかり。アーリの森とて潜り抜けることができる者たちが集結しております。皆でアーリの森の権利を取り、悪魔の一族を滅ぼすには十分かと。なぁ！　皆！」

『オオオオオオッ!!』

エラムの言葉に、後ろの男たちが雄叫びを上げる。

それを聞いたオルジは目をすぼませて、小さく声をあげる。

「……皆がそういうのであれば、許可する以外にはなかろう」

オルジは村長椅子から立ち上がり、自身の元に集まった猟師に告げる。

「ならばワシは皆の者を信じ、待つしか出来ぬ。これだけは約束するがよい。生きて帰ると。コシャ村長、オルジは主等の行動すべてを、神の名のもとに祝福しよう」

多数決に弱いオルジ。それを見計らっていたエラムを始めとする村の屈強な猟師たちは、にやりと笑みを浮かべていた。

エラムは耳打ちをするように男の一人に呟いた。

「決行は三日後だ。ぬかるなよ」

エラムの言葉に、男は首肯した。

○　　○　　○

秘密裏に行われた村の猟師たちによる、村長オルジへの直談判からはや三日。

その日は快晴だった。

「いってきまーす！」

そう元気に声を出したのはシルヴィだ。

いつもの通り、家の庭で収穫した野菜や果物、食物などを調理した朝ご飯を食べたシルヴィは手にバケットを持った。

「あ、ちょっと待てシルヴィ。話がある」

たてがみのような茶の色をした髪の毛に不精髭。そして少しばかり厳しい目つきのエラムは、食べていたカイムと呼ばれる甘酸っぱい果物を皿の上に置いて、シルヴィの近くに寄る。

「前々から気になってはいたことだが、最近お前が妙に嬉しそうでな。どこか良い遊び場所でも見つけたのか？」

そのエラムの言葉に、ビクゥッと肩をすくませるシルヴィ。

「っはは。大当たりのようだな。別に責めているわけじゃあないさ。どうせ、ゴルジ達も一緒だろう？」

「う、うん……！」

ゴルジはコシャ村の村長の孫であり、子供たちのガキ大将的な存在だ。

そんなゴルジに村の大人たちは全幅の信頼を寄せている。次期村長候補ともささやかれているのは伊達ではない。

「そのバケットはどうしたんだ？」

そう言って、エラムが指をさしたのはシルヴィの持つバケットだ。そんなエラムに、シルヴィの母親、キーナは優しい笑みを浮かべる。

「一緒にサンドウィッチを食べるんだって、今日の朝から張り切って作ってたのよ」

「お、おかあさん、言わなくてもいいよ！」

「そうか、シルヴィもうそんな年頃なのか……俺、シルヴィにサンドウィッチなんてものを食べさせてもらったことはないのに……」

「おとうさんまでやめてよ!?　そ、そんなのじゃないよ！」

「お父さん、完全に拗ねちゃったね。シルヴィ、今度お父さんの分も作ってあげなきゃね」

「そうだよ、おとうさんにもこんどつくるから！」

「そうか、そりゃうれしいぜ!!」

顔を真っ赤に染めたシルヴィの姿に笑いながら、エラムはぽつり、「だからこそ、今日で終わらせないとな」とつぶやいた。

「遊びたい盛りの子供たちを注意するわけではないが、今日父さん達は特別な狩りがあるんだ。村の外には出ないようにしてくれよ？」

「とくべつなかり？」

「そうだ。いつもよりもちょっとばかり遠い場所で、村の強い人みんなで行くんだ。村の外にいると、被害を食っちまうかもしれない。子供たちだけで村の外にいるのは危険なんだ。やんちゃもほどほどにしてくれってことだな」

エラムの忠告に、シルヴィは訝《いぶか》し気に「はーい」と声を上げた。

「とくべつなかりのおはなし、かえったらたくさん聞かせてね」

「もちろんさ。ビッグな話を持ち帰ってやろう。だから、それまでいい子にしてるんだぞ」

わしゃわしゃとシルヴィの頭を撫でる大人の手に、彼女は身を委ねていた。

シルヴィは、そんなエラムを心の底から慕っている。

ただ、前に一度だけ、彼の前でアラン・ノエルの話をしたことがあった。

その時にとてつもなく怖い顔をしていたので、彼女は今の遊び相手がアランだということは隠している。

――むらではだまっておかなきゃ。

「アラン・ノエル」という人物が危険であるということは村の中でも常識となっている。

だが、幼いシルヴィだけは認識が違った。

アラン・ノエルとは、普通の男の子で、普通の遊び相手で、ただ魔法の力が人より優れているだけなのだ、と。

最初のアランとのコンタクトは罰ゲームとしてだった。

その次は、村を縦断していた一家に遭遇した時。

そして、ルクシアとアランの魔法のぶつかり合いを感じた時。

一人の友達として、一人の遊び相手としてシルヴィはアランを慕っている。

それを彼女は自分自身の秘密として取っておこうと考えていた。

大人たちにこのことがバレたり、ゴルジたちにバレてしまえば、アランと遊ぶことはできなくなることも分かっているからだ。

他の人よりも優れた魔法を使うアラン。そして、そんな人と魔法を教えてもらえ、上達していく快感。

シルヴィにとって、全ての楽しみがそこにあった。

「がんばって！」

「おうよ、お前もあんまり危険なことはするんじゃないぞ。怪我でもして帰ってきてみろ。怪我させた奴の目ん玉えぐり返して生首飾ってやるぜ」

「怖い怖い。エラム、変なこと言わないでよ。シルヴィ、あなたもちゃんと気を付けなさいよ」

そんなキーナの苦笑いを背に受けつつ、二人はそれぞれ別の道を歩んでいったのだった。

○　○　○

いつも通りのルクシア対アランの魔法争いを見守るのはフーロイド、シルヴィ、そしてファンジオ。

昼下がり、魔法キャッチボールをしながら草原を荒らしまわるルクシアとアランの姿を目で追いながら立ち話をする三人。

喜々として父親のことを話すシルヴィに、フーロイドとファンジオは聞き入っていた。

「おとうさんは、とてもかっこいいんです。いつもバシュって木を切ったり、大きいお肉もってかえったりするのそれで、おかあさんに『きたないー！』っておこられたりしてますけどね」

自慢げに言うシルヴィだが、ふと何かを思い出したかのように首を傾げた。

「そういえばおとうさん、きょうはビッグな狩りがあるって言っていましたけど、なんなんでしょうか」

「ビッグな狩り、のぅ。ファンジオ、主はどう見る」

「ん、ああ……」

シルヴィの質問に対してファンジオは言うべきか言うまいか、頭の中で少し考える。

こんな晴天の日だと、狩りにはもってこいであるのは確かだ。

晴れの日であると、森に隠れている動物が姿を現しやすいからだ。

それは、コシャの森でもファンジオが普段使うアーリの森でも同じことだ。

だが。

「今日は、雨が降るらしい」

「雨？　こんなに晴れてるのにですか？」

ファンジオの言葉にシルヴィが反応する。

空を見てみても、雲一つない青空が広がっている。

だが、そんな中で今朝、アランが予報したのだ。

『きょうねー、お昼すぎぐらいから雨がふるよ！　空気がじめじめっていうか……なんかよくわからないけど、雨ふるんだ！』

直接的な言を避けたアランの予報は初めてだった。

こんな快晴で、雨が降る要素などどこにもない。

だからこそ、ファンジオは大事を取ったのだった。

「シルヴィちゃん、あーそーぼー！」

アランの呼びかけに応じたシルヴィは「いーいーよー！」と大きな声で草原の方へと走っていく。

アーリの森ではコシャ森とは違い、凶暴な生物が跋扈している。

特に雨の日などはそれが顕著で、匂いを掻き消す動物が多いなかで飢えた凶暴生物が姿を現しやすくなる。

それに王都でフーロイドが言及したのは、アーリの森を中心生息地とする龍族、霧隠龍《ファントムドラゴン》の存在だった。

アーリの森が危険地帯に指定されている所以だ。

特に、この時期ともなれば子育ての最中であろう龍族のいる森に、無策で突っ込んでいくのは賢明ではない。

せめて、雨が降る時くらいは家でじっとしているに限るだろう。

「ま、たまには家族サービスってことだ」

ファンジオは激しい魔法ごっこを見つめながら呟いた。

「アランの魔法は、俺にはもうどうしようもない域に達し始めたがな」

「っふぉっふぉっふぉ。主も最初から鍛え直してやろうかの。ここまで来れば誰がワシの弟子になっても一緒じゃろうて」

「丁重に断るぜ、フー爺」

そんな二人の会話が、風と共に消えていった。

――同時刻。

「準備はいいな、皆」

コシャ村の端には総勢十八人の男達。

筆頭に立つのはそれを束ねる一時的なリーダー、エラム。

「アーリの森への出陣だ。恐らく、この快晴ならばファンジオもそこで狩猟をしているはずだ。見つけ次第、殺しても構わない。その後は丘の上に佇む一軒家を襲撃。悪魔の家系をこの手で屠る！」

エラムの言葉に、男達は厳しい顔つきになる。

「愛する子供たちの未来のために、コシャ村の未来のために。奴らが災厄を振りまく前に、俺たちの平穏を取り戻そうじゃないかッ！」

エラムの号令に、村の猟師たちの雄叫びが響き渡ったのだった。

○　○　○

時刻は正午をまわっていた。

コシャの森を通り抜けたエラム一行は、アーリの森に差し掛かっていた。

ガサガサと草の根をかき分けて進む彼らは、周りの警戒を怠らない。

コシャの森とアーリの森の境界線は、明確化されている。

生物群と生物群の自然対立が生み出すその境界線に、エラムたちは足を踏み入れたのだ。

「よし。皆、行くぞ」

そう小さく呟いたエラムの後ろには、十七人のコシャ村猟師たちが目を凝らしていた。

「ファンジオは見つけ次第殺してもいい。奴が一番厄介になるだろうからな。どうせ『悪魔の家系』だ。ただ、奴はこの森を数年間生き抜いている。気をつけるんだ」

堂々とした口ぶりで明確な指示を出すエラムを見て、漁師たちは頼もしく感じていた。

「あんたのような決断力のある男が村長になってくれれば心強いんだがな」

「ああ、オルジ村長はもう歳だ。かといってゴルジはまだ幼い。となれば次期村長はお前でいいんじゃないか、エラム？」

ほんの一瞬、まんざらでもなさそうな笑みを浮かべたエラムだが、すぐに表情を引き締める。

「次期村長については、今は考えなくていいだろう。そんなことより、とにかく結果を出すことだ」

――と、猟師たちの士気も上がり始めた中で、空が急に暗くなっていった。

「ついさっきまでは快晴だったのに、分からないもんだな」

ゴロゴロと重低音が空から鳴り響く。

その音に、エラムが眉を顰める。

草々から匂う青臭さが皆の鼻腔を突く。

男の言葉に、エラムは「いや……」と首を振った。

その脳裏に蘇るのは今朝、娘とした約束。

「必ずビッグな土産話を持って帰ると、娘と約束しちまってな。ここから引き返しちまったら、村長にも合わす顔がねえ」

「雨の日の狩猟ってのは猟師の方に分が悪いってのは常識だ。このまま行っても大丈夫なのか?」

ざわざわと、コシャとアーリの森境界線付近で声を上げ始める猟師たち。だがそれを制止するかのようにエラムは「フッ」と笑みを浮かべる。

「どのみちコシャの森でも雨の日の狩猟はよくやっていることだ。雨の日ならばレアな獲物も多く来る。そこを全員で仕留めて、資源を配分する。いつもやっていることの延長線上に過ぎないさ」

そうエラムが断言すれば、村一番の巨漢でありシルヴィの親友であるミイの父親、アガルは同僚の提案を制止した。

「確か、ファンジオのところの息子は天候予測ができる。そうだったな」

「それがどうした?」

「ならば奴の息子はこの雨を予知していた、とも考えられる。そうなると、ファンジオがこの森にいるというのは考えにくい。そうは思わないか?」

「『悪魔』の能力を計算に入れた……ということか」

アーリの森とコシャの森との境界線で立ちすくむ漁師たち。次第に雨は強くなり、全体の士気にも影響が少しずつ現れ始めていた。

そんななかで今回の計画に対して、今更ながら思い出したアガルは「もう一つ懸念事項はある」

と指を一本立てた。

「奴の家には王都から来たという高名な魔術師がいるはずだ」

「最近、よくここを通り抜けていく爺か？」

「噂によると、魔法具開発の産みの親、とか。それに付いているエルフ族の女も素性は割れていない。その分、倒すべき敵は増えてかなり面倒に思えるがな。俺たちが襲撃したところで防がれて終わってしまうのではないか？」

「『悪魔の家系』に味方する者か。そういえば忘れていたよ、そんな奴もいたな。とすれば……」

熟考するエラム。

次第に雨は強くなっていく。小雨もだんだんと雨粒の大きさを変えていく中で、エラム率いる十八人はある方向からやって来る音に耳を傾ける。


……カラカラカラ。


「……ん？」

音をする方向を注視してみてみれば、ちょうどアランの家から村へ続く道を縦断していく馬車に乗った一人の若い女性と、真っ白な長い顎鬚を蓄える老人の姿だった。

それこそまさに、先ほど彼らが話していた老人とエルフ——フーロイドとルクシアだった。

二人は何やら会話に夢中のようだ。

軽快に坂道を下っていくその馬車は、コシャ村を縦断する道は選ばずに大きく迂回することにしたらしく、どんどん遠ざかっていく。

それを見ていたエラムは小さくほくそ笑んだ。

アガルもほっと胸をなで下ろす。

「なるほどな……これは神が与えた好機としか言いようがない。なんて抜群のタイミングだ。奴らさえいなくなれば、どうとでもなるさ」

アガルの言葉を受けて、エラムは両手で人を搔き分けた。

「こうしよう。アガルと俺で別動隊を作る。アガルは『悪魔の家系』の元凶である子供を殺ればいい。できることなら、ファンジオも説得してほしい。戻ってくるなら、今だとな。俺たちは今からアーリの森で狩猟を行う。それでどうだ？」

「もともと『悪魔の家系』自体は殺る予定だったんだ。異論はない」

そうして作られたグループは二つ。

一つ――アガルが率いる『悪魔の家系』討伐隊、四人。

一つ――エラムが率いるアーリの森狩猟隊、十四人。

「悪魔の家系を放っておけばろくなことにはならない。コシャの森に禍《わざわい》が降りかかれば元も子もないんだからな。抜かるなよ、アガル」

エラムの突き出した拳に答えるようにしてアガルは「もちろんだ」と拳を突き出した。

両者の拳が交錯し、二人は同時に笑みを浮かべる。

「エラムこそ、そのビッグな土産話とやらを期待してるぜ。半端な狩りだったら許さねえぞ」

そうして別れを告げて互いの役割を果たすべく、歴戦の猟師たちで構成された二つのグループはそれぞれに行動を開始したのだった。

アーリの森で、枝をポキリ、ポキリと折って道筋を確認しながら、隠れる生物や貴重なものを採取しようと目論むのはエラム・ニーナ率いるアーリの森狩猟隊十四人。

一時的なリーダーであるエラムを先頭に、彼らは既に三体の動物を手にしている。

「この時点で、肝臓に価値ある血染狼《ブラッドウルフ》、上質な肉を持つとして有名な筋肉狼《マッスルウルフ》、特別な頭蓋で値が高い白兎《びゃくと》か。コシャ森でもなかなか出会えない上物と、こんな簡単に遭遇できるとは。コシャ森で頑張ってる俺たちがアホみたいに思えてくるぜ」

先頭を歩むエラムが自嘲気味に笑うと、そのすぐ後方で木の枝を避けながら歩く一人がエラムに向かって仮説を立てる。

「コシャ森とアーリの森の境界線……。あそこは個々の生物群がそれぞれの多様性を維持しているだろう？」

「ああ」

「まさかとは思うが、コシャの森に時々来ていた珍しい獣たちは、アーリの森からコシャに移ってきたとも考えられるんじゃないか？」

「ってことは、元々コシャ森にいたコイツらは、アーリの森から来たってことになるのか。ますます利権を独り占めしてるあいつらを許すことは出来来ねぇなぁ」

「お、落ち着けってエラム……。前見ろ、前」

男に言葉を投げかけられて、やっとのことでエラムは荒い息を収めた。

雨は未だに強く、草独特の青臭さが鼻につく中で彼らの狩りは続く。

エラムは後方を度々確認しながら森の中央へと進んでいく。地図などはない。

雨の日の狩猟は危険が伴いがちである。

それくらいはエラムも承知している。

だが、デメリットが強い時にはその分メリットも多くなる。

だからこそ、ここまで簡単にレアな魔物を狩ることができたのだった。

「が、ファンジオはいそうにねぇか。いたとしてもこの雨ならばとうに戻っているはずだ。この森は俺たちの独壇場と考えてもいいだろう」

エラムの推測を傍で聞いていた男は手持ちの剣を一瞥した。

「ってことはこの森は今、俺たちの物ってことだな。アガルがちゃんと仕留めればいいが……」

そんな男の質問に対してエラムは、即答で「大丈夫だ」と答えた。

「ファンジオは昔っから甘い。そういう奴だ。そこを見間違えなければ簡単に俺たちの手に落ちるさ。アガルも、俺も。ファンジオのことはよくよく知っている」

エラムは、そう昔を回顧するかのように歯噛みする。

「『悪魔の子』など、すぐに捨てればこうはなっていなかったんだぞ、ファンジオ……」

一行はエラムの怒気に当てられつつも先へ進む。

森は徐々に深く、深くなっていく。雨が木々に当たり、水滴が地面へと滴下されていく——そんなとき。

「なんだ、あれ……」

人間、とほとんど同じ体長の『なにか』がいるのが見えた。

目の前の広場に真白く輝く体毛と、弱々しくはためかせる羽を持った生物が二頭。

「綺麗だな。よほど名のある魔物と見える。これを狩れば大きな金になるだろう」

ふと、呟いたエラムが反射的に弓を番えた。

瞬間だった。

「ヒョオオォォォォォォォォッ!!」

森の反対側の上空に現れたのは、目の前の二頭をはるかに凌ぐ大きさの、新たな影だった。

「なに!?」

広場に出た一行を覆うように、濃霧が発生する。

「……み、見えません！　どこにいますか!?　何が起こってるんですか!?」

辺りは混乱に満ちていた。

辺りを支配する濃い霧。

「ヒョォッ！　ヒョォ————ッ!!」

そこに現れたのは、一体のドラゴンだった。

彼らはまだ正体を掴むことはできない。

だが、そのドラゴンこそがファンジオの最も恐れていた生物でもあり、この森が危険地帯に制定された元凶でもある。

アーリの『森の主』として何十年もその場に君臨し、来る者すべてを拒み、屠るドラゴン。

——霧隠龍《ファントム・ドラゴン》。

その一対の翼が揺れると、湿ったそよ風に乗って急速に広場周辺にひんやりとした空気が流れ出す。

それに伴い、猟師達の足場には白い霧が充満していく。

周辺の空気を冷却する能力を駆使して、気まぐれに霧を作り出すその龍に見つかって、生き延びた者は未だいない。

この森を危険指定地帯だと知ったファンジオは事前に王都でこの森のことを調べていた。

だからこそ、アランの予報が不確定ながらも少しだけでも雨と予報されていれば家にとどまっていたのだ。

全ては自衛のために。全ては生き残るために。

無論、そのことを知る由もない村の猟師たちは霧の中でもがき、苦しむ。

一メートル先すらも見通すことのできない悪い視界の中で響くのは悲鳴だけだった。

「うぎゃあああああ!!」

——バキ、グシャ、ベト、ドチャグチュ。

生々しい捕食音が辺り一帯に響き渡る。

その恐ろしい音にその場の誰もが混乱していた。

「ぐっ！　嘘だろ！　冗談じゃねぇ！　何でこんなことに！」

エラムの悲痛な叫びが虚しく響く。

ピッと手に付いた水滴と物質を見るが、それは霧による水分ではなかった。

血、そして生々しいまでにピンクの色をした肉。

肉の塊がエラムの右手を伝って、ボトリと地に落ちていく。

「こんなところで冗談じゃねぇ……！」

やっとの思いで手を伸ばし、木を掴んだエラムはそれに寄り添うようにして木々を伝っていた。

「逃げろ……逃げろ逃げろ逃げろ逃げろ逃げろ！」

声を涸らすようにして広場をうろつき回るエラム。だが、足が回らない。

ガクガクと足を震わせながら、這いつくばるようにして逃げ場を求める。

その横では再びボトリと腕が落ちていく。

「あ、遊んでやがる……！　遊んでやがる……！　うう……ああ！」

霧隠龍の視界はこの霧の中でも何ら支障はない。

その中にはまだ人間と同じような体長しかない二体の霧隠龍《ファントム・ドラゴン》がいた。

母である龍がいつも以上に濃い霧を形成し、その子供たちである子龍に狩りを教えている最中だった。

そんなことを知らないエラムたちアーリの森討伐隊の悲鳴が場に響き渡る。

少しでも誰かが森の外に出ようとすれば、母龍がそれを阻止すべく翼と牙を使って、広場の中央に引きずり戻す。

数人を逃したことに対する母龍の行動は至って冷静だった。

稚拙な狩りを繰り広げる子龍を教育するかのような母龍。

そして親の狩りを見て、実践する子龍。

その場における狩猟者は、龍。そして狩られる側は、猟師たちへ。

一瞬にして立場は逆転した。

「だ、誰……か……」

エラムは周りから続々と声が消えていくのをただ聞いていることしかできずにいた。

第四章

忍び寄る霧の影

「平和だねぇ」

それは昼下がりのファンジオの呟きだった。

エラムたちがアーリの森に入る直前まで時刻は遡る。

フーロイド、ルクシア、アラン、シルヴィ、マイン、ファンジオ。

六人で囲んだ先ほどの食卓はとても賑やかなものだった。

マインは、ファンジオが昨日狩っていた筋肉狼《マッスルウルフ》を使って二品を作り上げる。

すべてを食べ終わったのちに、フーロイドとファンジオは一つの商談を成立させていた。

筋肉狼の代謝を担う肝臓から得られる特殊な魔法力。その魔法力から作られる魔法具があるとして、値が高い筋肉狼《マッスルウルフ》の肝臓を銀貨六枚で購入し、ホクホク顔のフーロイドは「それでは、行くかのぅ」と杖をトンと地面に打ち付けた。

「アランやシルヴィの修行はもういいのか？」

そんなファンジオの問いに答えたのは、ルクシアだ。

「ええ、本日はフーロイド様の御身体がすぐれないとのことですので、早めに引き上げさせてもらおうかと」

「……見た感じそうは思えないがな」

マインから「いつもありがとうございます。お帰りの道中、これを」とミーナと呼ばれる果実から作ったジュースを手渡された二人は、笑顔で言葉を返す。

「ふぉっふぉっふぉ。ミーナジュースか。ワシも久々に飲むかのぅ。マインや、感謝するぞ」

「あ、ありがとうございます、マインさん！　で、でもこれって、作り方難しいって言われてませんか⁉」

若干興奮気味のルクシアに、マインはクスと笑みを浮かべる。

「ええ、でもこれ、やってみると意外に簡単なんです。ルクシアさん、よろしければ明日にでも一緒に作ってみませんか？」

「い、いいんですか！　光栄です！　光栄です！」

「申し訳ないんですけど、ちょうど材料が切れてしまって、よろしければ――」

と、マインが困ったように手を合わせて頼みのポーズを取ろうとするとすかさずルクシアは目を輝かせる。

「任せてください！　買ってきます！　上質なものを持ってきます‼」

「お主はもう作らなくてもいいと言ったであろう。の、ルクシア。ルクシア？」

その様子を見たフーロイドはため息交じりに呟いた。

「はっ⁉　す、すいません、マインさん！　つ、つい……」

「い、いえいえ、謝らなくても私は全く困ってませんよ？」

穏やかな笑みを浮かべるマイン。

おろおろと泣きそうになるルクシア。

そんな二人を見たファンジオは、未だ厳しい眼光を浮かべるフーロイドを見つめた。

「良かったじゃねぇか。ルクシアさん、ウチのにも随分懐いてくれてる。アイツも長い間俺たち以外とは話してなかったんだ。感謝するよ」

対してフーロイドは草原で楽しそうに会話して、おやつを楽しむアランとシルヴィを眺め見て、呟く。

「呑気じゃの、お主等」

達観したかのようなファンジオの態度に、フーロイドは「フン」と鼻を鳴らした。

「お、遅れてすいません～」

ルクシアは多少申し訳なさげにフーロイドの元に駆け寄る。それを見て、相変わらず何かを警戒しているような態度を示すフーロイドは「馬を出せ」と告げた。

「ファンジオ」

「なんだ？」

「ワシらは所詮外部の人間じゃ。じゃがそれ以上にワシはアランを育てるという使命がある」

「いまいちはっきりしねぇな。何が言いたい？」

「来る時が来た、ということじゃ。この先、主がそれなりにやれることを証明して見せよ。主が歩む道は、茨の道ぞ」

そう言ってフーロイドはそれ以上何も告げなかった。

フーロイドとルクシアが帰宅してからしばらく、ファンジオはいつも通り庭先で狼の解体作業を続けていた。

「……む」

ふと、ファンジオは不穏な風を感じた。

猟師の勘か、はたまた生命の危機を直感的に感じたのか。

ファンジオは無意識に家に立てかけてあった弓矢と一本の直剣を手にしていた。

アランとシルヴィは現在、家の外の草原。

彼らはマインが作ったお手製のおやつを食していることだろう。

そして、マインはというと裏庭の手入れをしていたはずだ。

ファンジオの目の届かないところで。

「まさか！」

夏の生暖かい空気が、ファンジオの頬を撫でた。

背中に弓を、そして手には鞘に納められた一本の直剣を。

ファンジオは今一度ぐっと拳を握って裏庭を目指していた。

「――んっ!!　ん！」

その時だった。

裏庭から微かに聞こえてきたのはマインの小さな、悲鳴にも似た叫び声。

「よう、ファンジオ。やっぱりこっちだったか。久しいな」

裏庭に出ると、そこにいたのは一人の男だった。

白髪が似合うその男は、過去のファンジオの狩猟仲間の一人だった。

男はその太い腕でマインの身体を拘束していた。右手でマインの顔をふさぎ、左手で身体を拘束しつつその首筋にはナイフを当てていた。

――奴は人を殺めることは絶対に避ける……！


男はマインを拘束しつつも、エラムの言葉を思い出していたために、心中穏やかだった。

男にアガルから与えられた一つの任務。

それはマインの拘束だ。

ファンジオは昔から人と争うことを嫌う。

そして、極度に人を殺めることを避ける性格だった。

感染症にかかった仲間を、治せないからという理由で幾人か殺さなければならなかったときも、彼は何もしなかった――いや、何もできなかった。

――俺のこの手は人を殺すためじゃない。人を守るためにある。

そんな心情を変わらず持つファンジオに、いくら何でも旧知を殺せるわけなどないと判断したアガルの一つの作戦だ。

「ファンジオ。そこを動くなよ……。少しでも動いた瞬間、お前の女――あ……がっ……？」

だが。

一切の躊躇はなかった。

ファンジオは瞬時に弓矢を射出。それは、アーリの森で長年生き続けて会得した速射能力。

そしてその正確無比な矢は一直線に男の元に飛んでいき、一矢でその脳天を穿った。

「う、そだろ？　……あ……れ」

ガクガクと後ろに下がっていく男に一切構わず、ファンジオは初動最高速でマインの元に駆け寄り、腰から直剣を抜刀し、男の胴を真っ二つに切り裂いた。

「なるほど。フー爺が示唆していたのはこういうことか」

「ふ、ファンジオ？　こ、これって、これって……」

いまだ状況が追い付いていないであろうマインは、口を小さく震わせていた。

そんな怯えるような妻を一度抱きしめたファンジオは、小さくつぶやく。

「大丈夫だ、外に出てる二人を連れ戻してきておいてほしい」

「う、うん……で、でも、ファンジオは……!?」

「俺は大丈夫だ。いいから中に入れ」

ファンジオの冷徹な声に我を取り戻したマインが、コクリ、コクリとおぼろげにうなずいて家の中に入っていく。

ガチャリとカギを閉めたマインを確認したファンジオは、すうっと息を吸った。

草の青臭さが肺を満たすなかでにやりと笑みを浮かべる。

「俺を脅しておけば素直に従うと思ったか？」

ファンジオは目の前に広がる草原を見渡した。

「俺に人を殺せないとでも思ったか？」

ファンジオはなおも続ける。

「貴様ら、俺の領域《へいおん》を崩しておいて、生きて帰れると思うなよ。どうせこんなことを考え付くのはお前だろうよ、アガル！」

ファンジオは素早く次の弓矢を手に装弾して草葉の茂みの中に放った。

「がっ⁉」

弓矢は一直線に一人の男の脳天に突き刺さる。

バタリと音を立てて倒れるさまを見た、隠れていたアガルは小さく歯ぎしりをしていた。

「ば、化けモンめ……！」

「剣を持て、アガル。何もせずに死ぬのでは意味がなかろう」

ファンジオのその瞳は自信に満ちていた。

それは、数年間アーリの森という危険指定地帯を生き抜いてきた男の生き様。

そして、家族を護るという明確化した使命に裏打ちされるものだった。

ファンジオの目つきはいつになく鋭かった。

その瞳は同じ人間と対峙するものではなく、獲物を見つけた眼光だった。

必ず仕留め、逃がさない。

アーリの森で数年を生き抜いた強者に一切の躊躇、油断は見られない。

それを悟ったアガルは体についた草を取り除き、ファンジオの前に姿を現す。

「だろうな、こんな姑息な手を考え付くのはお前だろうとは踏んでいたさ」

冷や汗を流すアガルに対して、ファンジオは至って冷静だった。

「一つ、聞いていいか？」

アガルは伸びた黒髪を夏の風にさらしながらファンジオの瞳を一瞥する。

「お前、なぜあの時『悪魔の子』を捨てなかった」

アガルの縋るような表情は、ファンジオにも充分届いていた。

かつて、アランの能力が発覚した時。

村人たちはこぞって、能力を保有する『悪魔の子』であるアランをどこか遠くへ、アーリの森などに捨ててはどうかと何度も進言した。

悪魔の子は災いを生む。それは古来より言い伝えられていた世界の掟だった。

コシャ村を仕切っていたオルジでさえも、アガルも、エラムでさえも、皆がこぞって薦めたことだったが、ファンジオは一蹴した。

「あいつがいなければお前はコシャ村で一生マトモな暮らしが出来たはずだ。皆と協力して、村の一角として生きていられたはずだ。何故従わなかった。何故『悪魔の子』を放棄しなかった！」

アガルは背から剣を取り出した。

一対一《サシ》の勝負だった。

互いの剣は森の恵みを分けてもらうための神聖なものだ。

「今ならまだ村に戻れる。俺だって、昔の仲間と殺りあいたくなんてない。どうだ、考え直してはくれないか？」

剣を向け合っていることにためらいを覚えていたアガル。

「マインと話すのにはそんなに時間はいらなかったさ」

「……？」

「『悪魔の子』だか何だか知らねえ。災いが降りかかる？　いつか天変地異が起きる？　そんなの、俺の知ったこっちゃねぇよ。その時があったとして、一番苦しむそいつの元に親がいてやれなくてどうするってんだ」

「そうじゃない、俺たちが言っているのは――」

「何が違う。お前たちの行おうとしていることは人殺し以外のなにものでもない。あの時からお前たちは何一つ変わっていない。変わろうとしていない」

ファンジオは冷たい目つきでなおもアガルを睨み付ける。

「『悪魔の子』だか何だか知らん。妻を、息子を。養って、護って、あいつらの笑顔を見るために俺は狩りに出る。それが俺の中のマトモな暮らしだ」

「そのためならば、人殺しも辞さないということか。変わったな。ファンジオ」

アガルはそう言って、殺された仲間二人を一瞥した。

胴を真っ二つにされた男の目は白い。鮮血が辺りに流れ出ていた。

かたや額に突き刺さった一本の矢は確実に一人の男の命を奪っている。

ファンジオが極端に嫌う行為の何物でもなかった、その行為を。

その様子を眺め見たファンジオは皮肉げに笑みを浮かべる。

「何を勘違いしているのかは知らんが、俺は人殺しはしていない」

アガルに正面を向いた。

「俺が殺したのは、人間以下のクズ共だけだ」

皮肉に言うファンジオ。にやりと口角を上げ侮蔑するような目だった。

「……なんだと!?」

先に激昂したのはアガルの方だった。

「お前の言い分は分かったよ。それでも、悪いな。貴様ら『悪魔の家系』を放っておくわけにはいかないんだよッ!!」

手に持った狩猟用の直剣で一気に間合いを詰めようとするアガルに対し、ファンジオは剣を水平に構えた。


——昔は、良い仲間だったな、アガル。


ファンジオの脳裏によぎったのは過去の記憶だった。

共に背中合わせでコシャの森に向かっていた。

仲のいい猟師仲間の中に含まれていたアガル、エラム、ファンジオ。

皆が皆、卓越した技術を持っていたわけではない。

だが、互いが互いの背中を任せ合って、森の肉食獣の群れから抜け出したこともあった。

一匹の小さな獲物を見つけるためだけに、日が暮れるまで追い回したこともあった。

アガルが怪我を負えば、エラムとファンジオが交互に背負って村に連れ帰る。

村の簡易診療所に連れて行って、悲鳴を抑えるために四肢を抑える役割を担ったこともあった。

皆で肉を共有し、酒を酌み交わし、夢を語った頃の面影は見る影もない。

今のアガルは、アガルであってもかつての友と認めることは、ファンジオには到底出来なかった。

「変わったな、アガル」

アガルは歯をぎしりと噛み、力を込めた。

その直剣に全ての力を込めて、ファンジオを斬殺するために。

『悪魔の家系』を滅ぼすために。

それを全て受け入れたファンジオは、達観したかのような目つきでアガルをにらんだ。

日々をコシャ森で仲間と共に研鑽しているアガルと、日々を危険指定地帯であるアーリの森で、たった一人で家族を養うために生き抜いてきたファンジオ。剣の差は歴然とも言えた。

「おおおおおおおおおおおおッ!!」

大上段で斬りかかって来るアガルの剣筋をファンジオはじっと見極めている。

自身の筋の駆動、相手の剣筋の速度、迫りくるタイミング。そのすべてを正確に、的確に見極めたファンジオが取った行動は一つだった。

「――――おおっ!!」

大上段の斬りかかり。ゆらりとふらつくような仕草をしたファンジオを狙ったアガルの剣が、フアンジオの肩に迫り来たその刹那。

ファンジオは一瞬にして斜め下段から、アガルの指を切り落とさないように正確無比な一閃を放った。

「な……っ!?」

刀身とアガルの指の間に出来たわずかな隙間を縫って、ファンジオの剣がアガルの眼前を通り過ぎる。

ビリビリと激しい衝撃で腕の感覚がなくなったアガルはたまらず持っていた剣を手放す——それを見たファンジオは、片足で素早くその剣を蹴り上げて散らした。

「降伏しろ、アガル」

ファンジオは剣先をアガルの目の前に突き付けた。

「得物のないお前に勝ち目はない。このまま大人しく降伏してくれ……頼む」

ポツリ、と。

一滴の雨が直剣刀身先に零れ落ちた。

「……くっ！」

アガルの表情は苦痛に満ちている。

そんななかでポツリ、ポツリと二人の間を分かつその雨は次第に勢いを増していく。

「俺の負けだ、ファンジオ。煮るなり焼くなり好きにすればいい！」

苦渋の顔から絞り出されたわずかな後悔の念を感じ取ったファンジオは、警戒を一切緩ませずに

「お前を含めた三人だな？」と問い詰めた。

「なるほど。お前は三人と見定めていたのか。とすると、そこに倒れる二人と俺ってことだな」

「何だと？」

「策は二、三張り巡らせておくのが定石ってもんだ、ファンジオ。一人遅れてこっちに来させていたんだよ。俺はただの足止めだ。抜かったな！」

アガルの声を聴いたファンジオは、瞬時に蹴り落した剣の方向を一瞥した。

――迂闊だった！

思わず舌打ちして、急いで目線をそらす。

二秒。

アガル一人を制するのにそれほどの時間はかからないと判断したファンジオは、剣を持ったままに、背を向けた。

その様子を見たアガルの口角がにやりと上がった。

「残念だよ、ファンジオ。俺たちは俺たちの子供の未来にかけても、お前達悪魔を滅ぼさなきゃならないんだ‼」

高笑いをするアガル。彼は懐にしまい込んでいた狩猟用ナイフを手に持ち、投擲するように一気にファンジオの首を狙う。彼らに降り注ぐ雨が一気に激しさを増す中で、一つの声が木霊した。

「詰めが甘いのぅ、ファンジオよ」

アガルの前に、ひゅっと音をさせて現れたのは一人の女性だった。

翡翠の髪に紅の瞳を持った美女がファンジオの前をかすめた。投擲されたナイフをたたき落とす。瞬時に持っていた縄をアガルに巻き付けて地面に頭を付かせる。

「……何だ、お前ら!? 誰だ、誰だおい！」

アガルの絶叫が場に響き渡るなかで、どさりと彼の横に置かれた一人の男。その男もまた例外なく縛られている様子だった。

ことの状況が分かっていないアガルに「おっふぉっふぉ」といつものように、しわがれた笑い声をあげた一人の老人は、アガルと男の前にしゃがんだ。

「お主の言っていたもう一人の刺客というのはこやつのことかの？ 随分と弱っちい刺客を寄越したもんじゃのー。流石は蛮族。考えていることも行動も蛮族じゃのー。っふぉっふぉっふぉ」

「ルクシアさんに、フー爺!?」

ファンジオが家の中を見てみると、そこにいたのは笑顔でアランとシルヴィを抱くマインの姿。

彼女はグーサインをして、自分たちの無事を伝える。

「さてと。お主等には聞きたいことが山ほどある。楽に死ねると思うでないぞ、蛮族ども」

フーロイドの冷徹な瞳が、刺客二人に突き刺さった。

力なくファンジオが見据える先に縛られ、膝をつくアガル。

「アガル……」

苦渋に満ちたその表情からは後悔の念さえも伺える。

その隣にはもう一人の男。こちらも同じく縛られているが、その表情は憤怒に満ちていた。

「最悪だ。くそ……っ！」

それまでの経緯を見守っていたファンジオは、突如現れたフーロイドを一瞥して「はぁ」と深いため息をついた。

「アンタ、さっき下っていた老人だな？」

フーロイドは長く伸びた白鬚を丸めて得意げな様子で杖をついていた。

それに対してファンジオ一家襲撃の長を担当していたアガルはフーロイドの余裕気な雰囲気を察して「まさか……」と一人舌打ちする。

「あれは罠だったということか」

そんな呟きにフーロイドは変わらず得意げな顔で「ご名答」とファンジオを見た。

「敵を欺くにはまず味方からというやつじゃ。のぅ、ファンジオ」

「ニヤついた顔すんのは止めてくれよ、フー爺。アンタ、知ってたんだな？　こうなることを」

ファンジオの溜息を意にも介さずに、フーロイドはアガルの顔を覗き込む。

「お主等が見たワシは本物には変わりない。主等が見たのは、馬車で家から下っていくワシの姿じゃったはずじゃ。それを見てファンジオ宅に突撃をしかけようとしたんじゃろう？」

「安い罠に嵌ったもんだな」

それは村人たちにとってはあまりに早計なものでもあった。

短期的な問題として、彼らにとってまず第一の関門だったのはフーロイドの存在だった。

王都からやってきた高名な魔術師が、アランの師匠となった事実は皆が知っていること。

彼らが突撃する際にフーロイドがいては何の意味もない。

だからこそ、フーロイドとルクシアが家を下っていったのは村人たちにとっては最良のタイミングにして、最大の好機だった——のだが。

村の異変とシルヴィの言葉を思い出していたフーロイドは、自分達がアラン宅から帰っていくところをわざと見せつけて、襲撃を行いやすい環境をあえて作り出したのだった。

「残念じゃったのぅ。お主等にとっては最大の好機だったはずが最大の失策になったとは。将来の国宝を害そうとしたんじゃ。楽に死ねると思うでないぞ」

「ぐっ……！」

アガルと男は、フーロイドの発言に対してぐうの音も出ない。

「フー爺、そんくらいにしといてやってくれよ」

そうファンジオが仲介に入る頃にはフーロイドの舌戦はとっくに終わっており、その対象がファンジオに移り変わりつつあった。

「もしも、お主に相応の覚悟がなければ。ワシはアランとシルヴィだけを救い出して立ち去るつもりじゃった」

「……？」

「お主が単に腑抜け、甘えた奴でないと知れたからこその助け舟じゃ」

「良かったの」と小さく呟いた背中の小さなその老人は風に吹かれるままに草原の先をじっと見つめる。

「ところで蛮族よ。必死の形相でアーリの森から走って来る者は、新たな刺客かの？　それにしては随分必死なようじゃが」

フーロイドの指さす先をファンジオ、アガルが同時に見つめる。

草原の先から縋るようにこちらに向かってくるのは二人の男。

かたや、よく見れば右腕が欠落している。

かたや、頭からは大量の鮮血が噴き出ている。

だがなおも生きる希望を失わずに向かってくる様に疑問を抱くフーロイドに対して、ファンジオは責め立てるようにアガルに詰め寄った。

「おいおい、アガル、お前！」

縛られたアガルの襟首をぐいと掴んだファンジオは眉間に皺を寄せて声を荒げる。

「お前、アーリの森に入ったのか⁉」

「……ああ」

「この雨の中、アーリの森に入ることが自殺行為だということは理解していないのか⁉」

「お、お前は現に二年間も生きてるじゃねぇか！　アーリの森にはかなりの人数を割いた！　しかも俺たちがそう簡単にやられるはずはないだろ！」

アガルの言い返しに、ファンジオは驚きのあまりに何も返答することができなかった。

自身が今までにいかに慎重に行動し、慎重に考慮したかを全く鑑みずに突っ込んでいた猟師たち。

隣ではフー爺が顎を傾げるようにして「何なんじゃこやつ等の蛮族加減は」ともはや開いた口が

塞がらないと言った様子だ。

それでもファンジオは見捨てようという気にはなれずにいた。

「何人だ。何人がアーリの森の中に突っ込んでいった」

ファンジオの冷静とも取れるその怒気に、アガルは力なく呟く。

「エラムが率いている十四人だ」

「エラムか……」

統率者の名を聞いたファンジオはふと、家の方を向いた。

エラム・ニーナ。

今、アランの遊び相手でもあるシルヴィの父親にして、ファンジオの最高の狩猟仲間だったその男。

家の中で不安げにうずくまるシルヴィの姿を見て、ファンジオは小さな舌打ちをせずにはいられなかった。

「あの、馬鹿！」

「おい、ファンジオ！　馬鹿なことは考えるでないぞ！」

フーロイドの静止もままならぬ間に、ファンジオは剣を持って一気に裏庭を駆けだした。

人質であるアガル等を捨て置いたままに、裏庭を駆け抜けたファンジオは一直線に草原の方に目を凝らした。

「ふぁ、ファンジオ!?　はぁっ……あっ……」

息を切らしてこちらに向かってくるのは悲壮な表情を浮かべた二人の男。

慌てて駆け寄ったフーロイドに苦渋の表情を浮かべるファンジオ。

「何もできるわけがない。今、森の中に入るのは自殺行為でしかないからな」

ファンジオは大声で家の中にいる二人を呼ぶ。

「ルクシアさん、マイン。中でこの二人を手当てしてやってくれ。重傷だ」

右腕を欠落させた者、そして頭から鮮血を流す者が家の近くにたどり着いた途端にマインは全てを察知したかのように、家の中に飛び込んで救急道具を探しに行く。

ルクシアはフーロイドの許可を取るかのように師の言動を見守るが、指示を待つ前に家の中から声が飛んだ。

「ルクシアさん！　手伝ってください！」

「わ、分かりました！」

「ふぁ、ファンジオ！　まだ外にエラムがいる！　ドラゴン！　ドラゴンに遭遇したんだ、俺たちは……！」

一人の男が意識もまばらに叫ぶ中で、フーロイドは冷静にことを察知していた。

「おそらくそいつは霧隠龍《ファントム・ドラゴン》と呼ばれる龍族の一種じゃ。あの森が危険指定地帯になっている所以《ゆえん》じゃて」

「ほかのやつらの居場所はわかるか！」

「分からん……。だが、半分以上は奴らに食われた！　頼む、頼むよファンジオ！　皆を助けてくれよ！　みんなが死んじまう！　殺されちまうんだ！」

そんな男の縋るような声を、杖で殴り飛ばしたのはフーロイドだった。

「主等《ぬしら》、都合がよすぎるとは思わんのか？　殺そうとした相手に命乞いなど百年早い。一足早くここで死にたいのか？」

「待ってくれ、フー爺」

そう言って剣を持ち直したのは、ファンジオ。

降りしきる雨の中で一切水滴を拭おうとせずに彼は森の奥を見つめていた。

「エラムは馬鹿だが弱者ではない。が、ここで死なれると……な」

エラムとは旧知の仲である。彼の弱さも、強さも。ファンジオは理解しているつもりだった。

だからこそ――。

「出てきたぞ、エラムだ」

森の奥からがさりと姿を現したのはエラムだった。

遠巻きからにでも見えるその姿にファンジオは自身が殺されそうになったことすらも忘れて一種の懐古にも似た感情を覚えていた。

ただ、出てきたのはエラムだけではなかった。

「ヒョォォォォォォォォォォッ!!」

後ろにぴったりと張り付いた一頭の大きな霧隠龍《ファントム・ドラゴン》から、何とか逃げようとしているその姿を見て、ファンジオは決意を固めたようだった。

それを察したフーロイドは、アガルと男を縛るロープを二本持った。

「どこでもいい。奴の手の届かない場所まで逃げてくれ」

達観したかのような表情を浮かべるファンジオ。

「お主、死ぬ気か？」

「さぁな。そいつらの始末についてはフー爺に任せる。アランと、マインと、シルヴィを、絶対に護りきってくれ」

怪訝そうな表情を浮かべるのはフーロイド。

「……お主は本当に、甘っちょろいのぅ」

「こっち側の奴等に毒牙がかかるのを食い止めたいだけだ。足止めくらいにはなるだろう。村と、逃げているみんなの元に向かわせない程度のことはできるはずだ。それに、こっちにも勝機がないわけでもないしな」

ファンジオは小さく笑みを浮かべた。

手に持った直剣を強く握り直した一家の大黒柱は家の方面に、死にそうな表情で向かってくるエラムを一瞥する。

「あがっ……うぐっ……ああ……待って……うう……た、たずけでぐれぇ……あっ……！」

足を引きずりながら、涙を、鼻水を、血を垂れ流しながらやって来る旧友の姿にファンジオが心を動かされたかと言われれば、それは否だ。

むしろ後方から執拗なまでにエラムを追い詰めようとする霧隠龍《ファントム・ドラゴン》の行動こそが脅威だった。

「ちなみにフー爺。アンタ、霧隠龍《ファントム・ドラゴン》を倒すくらいの魔法か物理攻撃って、持ってるか？」

「何とかしよう、と言いたいところじゃがの。残念ながら現役を引退した身。あんな化け物を倒せるような魔法や力はもはやワシにはない。ルクシアも同じじゃ。奴の魔法もまだ完全ではない。無理な拙攻拙守でどうにかなる相手でもあるまい」

そう言ってフーロイドはため息をつく。

「それに、ワシらが磨いてきたものは対人用の技が多い。主のように化け物狩りに特化した戦闘は不可能と考えるがよい」

冷静なフーロイドの分析に、ファンジオは剣を持ち、苦笑する。

「そうか。ま、だよなぁ」

「安心せい。主が護るべきものは、ワシらが責任を持って逃がしてやろう。ルクシア！　馬車の用意をせい！　すぐにこの場から立ち去るぞ‼」

そんなフーロイドの声に「はいぃ⁉」と声を荒げるルクシアは、即座に家の中から飛び出して遠くに見える霧隠龍《ファントム・ドラゴン》を見た。

一歩一歩、龍の元へと進んでいくファンジオを見て、ルクシアは全てを悟る。

「ふ、フーロイド様⁉　ま、まさか――」

「こやつの覚悟を無駄にするでない。早くせい。手遅れになる前にな」

戸惑いながらも素早く馬車を呼び寄せ、魔法の詠唱に入るルクシア。

そんななかで、後ろ手を縛られているアガルは、唾液を飛ばしながらもファンジオに嘆願した。

「ファンジオ！　アイツを倒すつもりなら、俺も何か手伝わせてくれ！　何でもする！　だから、頼む！　俺を使ってくれ！」

「……ダメだ」

「何が信用できない！　約束しよう、俺は後ろからお前を突き刺すなどと言う卑劣な真似は決してしないと神に誓う！」

「悪いが、そういう問題じゃねぇ」

ファンジオの冷徹な言葉がアガルの胸の奥底に重く、深く突き刺さっていた。

猟師としてのなけなしのプライドを捨ててまで頼み込んだことが了承されなかった。

ギリと歯ぎしりをするアガルは呟いた。

「お前が俺たちを信用できないのは分かっている……。だが、これだけは本当だ。信じてくれ。都合がいいことくらい分かるし、信用できないことももっともだ」

「これこれ、無駄に動くでない」

と、ファンジオに食ってかかろうとするアガルを制止するかのように、フーロイドは縄を持ち直す。

「アガル。別に俺はお前自体を信用していないわけじゃない」

「だったら！」

「俺が信じていないのはお前達の腕だ」

ファンジオは、強く言い切った。

「これ以上無駄な死体を増やしたくない。アイツはおそらく親龍。無為に死体を増やせばその血の匂いを嗅いで霧隠龍《ファントム・ドラゴン》の子龍を呼び寄せる可能性がある。だからお前らには行かせたくないだけだ。死体が増えるだけだろう」

「……お、俺たちの……腕……？」

「お前たちの腕がないから、霧隠龍《ファントム・ドラゴン》の子龍に良い遊び場《練習台》にされているんだろう？」

ファンジオは見下すこともなく、蔑むこともなく、ただ一人の人間として、真っ当な猟師としての立場でアガルに向き直った。

「弱い者は狩られる。猟師の世界は人も、獣も弱肉強食に過ぎん。霧隠龍《ファントム・ドラゴン》は血の匂いに敏感だ。エラムがこちらに逃げてくることに加えて、俺がさっき斬り伏せた奴の血の臭いを嗅いでここに迫る可能性もある」

ファンジオはなおも続ける。

「ここに来ると分かっている以上、妻や息子をこの場に置いておくわけにはいかない。だから逃げろと言っている。臭いの痕跡を一つでも多く残せば、それをたどって村に行く可能性も捨てきれない。お前たちは村一つ潰したいのか？」

ファンジオの迫真の言葉に、アガルは何も言い返せなかった。

自身のなけなしの猟師としてのプライドを、全て粉々に打ち砕かれたアガルには何の返答も出来ない。

ここにいても役立たず。

むしろ、盾になってファンジオを護って贖罪とすることすら考え始めていたアガルに突き付けられたのは、非情な現実だった。

自分を信じてもらえなかったわけでなく、自分の腕を信じてもらえない。

そしてその現実は紛れもなく、目の前が体現《エラム》している。

コシャ村の猟師たちには、どうすることも出来ないと。

「……フー爺」

ファンジオは一歩、一歩と裏庭を抜けていく。

「あー、こんなこと言いたくねぇんだが、頼まれてくれるか?」

「聞くだけ聞いておこう」

「いろいろ楽しかったって。いっぱい飯食って、いっぱい寝て、いっぱいいろんなことしろってアランに伝えといてくれ」

「っふぉっふぉっふぉ。この老骨は物覚えが悪くてのぅ」

フーロイドは自身を直撃する雨を自身の防御結界で防ぎながら、にやりと笑みを浮かべる。

「自分で伝えるがよい。ここから村まではそう時間はかかるまい。ワシらは村に避難して防御結界を張っておくのでな。村への説得はこやつらにやらせるぞよ」

引きずる二人の男を指しながら言うフーロイド。

「手厳しいな……」

小さくため息とともに苦笑をこぼしたファンジオは、「よっし」と片頬を自ら平手打ちして気を引き締める。

フーロイドは一人の男の生き様に心を決めて、彼とは反対方向に縛った男二人を引きずっていく。

アガルは、呆然自失としていた。

馬車の荷台に乗せられているのはマイン、シルヴィ、そしてアラン。

降りしきる風と雨に身を濡らしながら、必死に荷台から駆け下りようとするマインを制止するのはルクシアだ。

ルクシアは特殊な防御結界を馬車に張り巡らせた。ドン、ドンとマインは結界を叩くも、それから先には出ることすらままならない。

マインは必死の悲鳴を上げてはいるが、防御結界によって全て遮られている。

アランは、何が起こったのか分からないといった様子で外を眺めていたが、次第に事を理解し始めている。


——その日は、雷雨だった。


風が木々をざわつかせ、激しい雨が大地を穿つ。

天が、激しい咆哮を上げているかのように、空気は震えていた。

小さくため息を吐いたその男は、ずっと目を瞑って、来たるときに備える。

直後、窓の外で金色の光が一度点滅。

天を割る轟音が鳴り響いたのは、そのわずか数秒後だった。

「あの時も、こんな天気だったなぁ、アラン」


一歩、一歩。


生を振り絞るように、ファンジオは足を動かした。

アランが産まれたその日も、辺りは雷雨に包まれていた。

「よくもまぁ、落雷から生き延びたもんだ、お前は凄いよ、アラン」

一歩、一歩。草原の中ほどまで進むと、エラムの姿が見えた。

「ひぎぃ！　あぐっ！　……っ！　ファンジオ、助け、助けに……！」

エラムはひどい形相でこちらに向かおうとするが、彼を囲うようにして突如出現した霧。

人間の十倍ほどの体躯はあろう一頭の霧隠龍《ファントム・ドラゴン》が生み出した『囲い霧』と呼ばれる現象である。

霧隠龍《ファントム・ドラゴン》の独自空間の中では、方向感覚さえも失われてしまう。

霧の中に共に潜った霧隠龍《ファントム・ドラゴン》とエラム。

狩る者と、狩られる者。

その中に、ファンジオは躊躇いなく突っ込んでいった。

視界不良の中で微かに見えた霧隠龍《ファントム・ドラゴン》の爪先。

「おぉおぉおッ!!」

自らを奮い立たせるために、咆哮と共に剣で爪先を叩き折った。

その隙に、すれ違いざまにエラムが息を切らしながら『囲い霧』から抜け出す様子が、ファンジオの視界に入った。

「……ッ！」

ファンジオは歯噛みする。

エラムの片腕が、すでに無い。

「ふぁ、ファンジオ……っ！」

エラムの言葉も聞く間もなく、ファンジオの意識は霧隠龍《ファントム・ドラゴン》だけに向いていた。

気が立っている霧隠龍。油断などできるわけもない。

今のファンジオにあるものは、自身が死んでも何が何でも家族を逃がし、護ること。

ふと、霧隠龍《ファントム・ドラゴン》と目が合った。

両雄、一歩も引きさがろうとはしない。

「なるほど。お前、母ちゃんか。子育ての真っ最中ってとこだな。俺と一緒だな、お前。子育て、大変だろう」

にかりと笑みを浮かべた。

「飯がないと泣き、構ってもらえないと泣き、笑ったと思えば泣き、気分で泣く。大変だろうよ、お前さんも」

脳裏に浮かんだのは、日々の思い出だった。

アランと、マインとの三人の暮らし。

孤独であって孤独でなかった一家の前に現れたのはフーロイド、ルクシア。そしてアランに友達として接してくれたシルヴィ。

「さてと。同じ子育て中の親だ。互いが互いの子のために命を削るってのも悪かねぇ」

ファンジオは、自身よりも遥かに大きな体を持つ龍を見据える。

翼を広げたそれからは、ひんやりとした空気と白い霧が漂い出る。

眼球は紅に染まっていた。頬や胸は所々紅がこびり付いているが、基本的には真っ白だ。

目を奪われるほどに、綺麗な白だった。


その瞬間。

「ヒョォォォォォォォォォォォォォォォォォォォォ!!」

ファンジオを中心として、白い濃霧が辺りを支配した——。

第五章

天属性の魔法

ルクシアの急な指示は、家の中にも伝わっていた。

アランとシルヴィを抱きかかえるようにしてじっと身を潜めていたマイン。

龍の攻撃を受けた負傷者二人は家の外にいる。

「子供たちを、護らなきゃ……」

外ではファンジオが襲撃者と闘っている。

本来、人との争いを好まない夫が、家族を護るために信念さえも捨てて家族を守り抜こうとしている。

無下にするわけにはいかない。

ファンジオは必ず勝つ。

勝っていつものような頼もしい笑顔で自分たちの元に帰って来ると、そう信じていた矢先のことだった。

「マインさん、子供たちを連れてきてください！　ここから避難します！」

身体中を雨に濡らしながら叫ぶルクシアの姿に、嫌な予感がした。

翡翠の髪を肌に張り付けた彼女はそんなことはお構いなしとばかりに、濡れた身体で家の中に入って来る。

「ど、どうしたのルクシアさん、急に……。ファンジオは、負けてはいないんですよね？」

「ええ、ですがそれよりももっと大変な事態になっているんです。このままでは全員食い殺されてしまいます!!　さぁ、急いで！」

ルクシアの表情は必死そのものだった。

その様子にぐっと気圧されたマインは、抱きかかえる子供二人を見る。

「食い殺される……？」

疑問に思いつつも、腕の中の二人に小さく声をかける。

「アラン、シルヴィちゃん。ママと一緒に外に出ましょう。いい？」

そんなマインの優しい語り掛けに、こくり、こくりと震えるようにして頷いたのはシルヴィだった。

「る、ルクシアさん、どこに？」

シルヴィのそんな素朴な疑問に対して、ルクシアは何も言わずに手を引いた。

「マインさん、アラン君をお願いします！」

「分かりました。アラン、付いてきて！」

そんななかで当のアランは、不思議そうな顔をしている。

馬車に向かうルクシアとシルヴィの姿を見つめるアラン。

馬車の荷台には、既に龍の攻撃によって負傷された二人が乗せられていた。

「パパは？　パパは、行かないの？」

「パパはもうすぐ来るわ。だから行きましょう。皆で逃げましょう」

「うん！　分かった！」

無邪気さが未だ抜け切らないアランは「雨だー！」と、風に吹かれて斜めに落ちてくる雨粒に興奮しつつも、ルクシアの後を追う。

「もしかしたら、この家には、もう……」

ふと、独りでに呟いてしまったその言葉。

マインは小さく目を閉じた。

そこから聞こえ、見えてきたのはアランが生まれてからの生活だった。

ファンジオと二人で、家周りの掃除を笑いながらやっていった。

汚れていた借家を綺麗にしたときに、ここから始まる新しい生活に心が躍った。

肉を焦がして、アランが泣いたこともあった。

アランの機嫌を取り戻すのにひと苦労した。

ファンジオと、アランと、三人で壊れた屋根を修復した。

フーロイドとルクシアが来るようになって、更に賑やかになった。

シルヴィがよく家に来るようになり、アランはさらに笑うようになった。

同年代の友達同士で遊びあっているは微笑ましく、いつまでも見ていられた。

ルクシアと二人で作っているミーナジュースが、今でも棚の下で熟成されている。

そのジュースを皆で飲んで、皆で同じご飯を食べた。

この家が、家族の幸せの象徴だった。

家を改築し、ファンジオと共に汗を流した。その全ての記憶が今、一気に流れ込んできていた。

「……大丈夫」

この家は自分たちにとっての確かな思い出として存在している。

「ファンジオとアラン《ふたり》がいれば、どこでだって、また作れるもの」

感じ取ったのは、家との決別だ。

「マインさん！　早く！」

ドアの外からは焦るようなルクシアの声が聞こえてくる。

悠長にしている暇などないと、そんなことは分かっていたマインだったが、すっと静かに立ち上がり、家全体をもう一度見渡した。

「今まで、私たちを守ってくれて、ありがとう」

小さな、一人の女性の丁寧なお辞儀だった。

ガチャリと、食器が音を鳴らした。

その音を聞いたマインは、くすりと笑みを浮かべて家のドアをゆっくりと閉ざした。

○

○

○

「フーロイド様、避難の準備、完了です！」

ルクシアは馬車の先頭で鞭を手にする。

フーロイドは、男二人を縄で縛ったまま雑に後部に投げ込んだ。

やや広めの馬車の荷台に乗せられたのは、龍の攻撃により負傷したアーリの森狩猟部隊の二人、アガル率いたファンジオ一家襲撃部隊二人、そしてアラン、シルヴィ、マインの計七人。

アガルと男の縄を放さないフーロイドは「こちらも大丈夫じゃ」と声を上げる。

「し、シルヴィちゃん!?　何故君がこんなところに!」

驚きを隠せない村の猟師たちを「黙っておれ」と一喝したフーロイドは、ぐいと縄を引っ張った。

御者としての役割を担う傍らで、最後に乗り込んだマインを確認して小さく呟いたのはルクシアだ。

「すいません、マインさん」

そう断って、右手で座席に結界を張った。

「ルクシアさん!?」

ブゥン、と。結界が張られる音と共に走り出した馬車に、異を唱えたのはマイン。

「まだです!　ファンジオがまだあそこにいます!」

マインの呼びかけに、あえてルクシアは何も反応しなかった。

否、反応しようものも、出来なかった。

防御結界。

無属性で使える魔法術だ。

この世に数ある魔法術の一つで、これを使用すれば外界との接触を一切絶つことができる。

すなわち雨、風、ある程度の魔法攻撃を外界から遮断し、こちらからの声を外部に漏れるのを防ぐ役割を担っている。

だが、術者であるルクシアと縄を介して結界内部と干渉しているフーロイドにだけは声が聞こえる仕組みとなっている。

「絶対に耳を傾けるでないぞ、ルクシア。奴の覚悟を無駄にするな」

「分かっています……」

「お主は止まらず、前を見続けよ。安全圏までの避難こそが使命だと心得るがよい」

「はい……っ！」

フーロイドの命を受けたルクシアは、馬に鞭を打った。

馬も、この激しい雨と風に少々委縮しているようだが、迫りくる危険を動物の本能で感じ取ったのか、霧隠龍《ファントム・ドラゴン》を避ける軌道で歩を進めた。

「る、ルクシアさん！　馬車を止めてください……！」

結界をドン、ドンと弱々しく叩くのは一人の女性だった。

「ファンジオが、まだあそこにいるんですよ……！」

ふと、ルクシアが持つ鞭の動きがピタリと止まる。

「ルクシア」

「わかってますよ……ッ」

敏感に察知したフーロイドは、雨に身体が濡れることを一切厭わずに、咎めるように呟く。

「何で、何で止まらないんですか⁉　まだ、あそこにいるじゃないですか！　フーロイドさん！　ルクシアさん！　聞こえてるんでしょう⁉」

そのあまりの剣幕に、口を挟める者はいなかった。

いつも穏やかで、激昂しないマインが見せた初めての声に、ルクシアは唇をぎゅっと噛み締めた。

マインの眼前に見えていたのは、ファンジオよりもはるかに大きな霧隠龍《ファントム・ドラゴン》の姿だった。

エラムが霧に囲われる瞬間に、縄に縛られながらもアガルは抵抗していた。

「シルヴィちゃん、見るな！」

猟師たちは事態を即座に把握して両手でシルヴィの目を塞いでいる。

「ここから出して！　迎えに行かなきゃ！　お願いです！　お願い……」

弱々しい声だった。

フーロイドは、目に涙をいっぱいに溜めるルクシアを一瞥してから問う。

「縄を持った状態じゃが、中との連絡は取れるな？」

「あいっ……はいっ……うう……！」

馬に鞭を打ちながら、ルクシアは涙を流していた。

縄を伝って内部に自身の声が伝わることを確認したフーロイドは、大きくため息をついた。

「奴に報いるには、ワシらは逃げねばならぬ。ワシは、お主らを完全に逃がさねばならぬ。そうでないと、ファンジオに殺されてしまう」

馬車の後部では、嗚咽にも似た声が響き渡っていた。

「ぐぅ……っ！　うう……ずいまぜん……！　すいばぜん……！」

唇を激しく噛んだ隣のルクシアは、もはや涙を我慢もしなかった。

「ファンジオ。死ぬでないぞ……！」

フーロイドはふと、ファンジオを囲う白い霧を一瞥した。

霧隠龍が起こす独特の現象をその目で見るのは、フーロイドも初めてだった。

その時だった。

「何？」

後ろで微かに感じたのは、魔法力だった。

フーロイドは、見たこともない魔法波動形態に眉を顰《ひそ》める。

それは何よりも美しくて、何よりも甘美で、何よりも未熟な一つの魔法力の波動だった。

「アラン……なのか!?」

フーロイドは後ろに視線を向けた。

そこにはアランを中心とした目に見えない魔法力の暴風が、少しずつ形成されつつあった。

○　○　○

為すがままに馬車の荷台に乗せられたアランにとって、今の状況は理解できるものではなかった。

ただ、彼の目をしても、父親であるファンジオがこの馬車の荷台に乗っていないことに不思議を覚えていた。

ふと隣を見てみれば、シルヴィに覆いかぶさるようにして目隠しをする村の猟師たち。

「え？　パパ？　あれ、パパなの？」

呆然と手を震わせていたが、大男のアガルは何も言わずにシルヴィの目を塞ぎ続けている。

かたや、もう一方を見てみれば、母親であるマインが嗚咽を漏らしつつ、ずっとファンジオの名前を力なく呼んでいる。

ドン、ドンと破られることのない防御結界を前に、項を垂れるしかない母親の姿を。

「みんなで逃げればいいじゃない……なんで、なんでよ、バカ……」

先ほどまで馬車の前で鞭を持つルクシアと、その隣に座るフーロイドに嘆願している様子は見る影もなかった。

ただ、茫然と小さくうなだれる母親の姿がそこにはあった。

トクン――。

アランは、心の奥底で小さな鼓動が芽生え始めているのを感じていた。

アランが見据える先には、巨大な生き物に向かって怯むことなく一歩、一歩と進んでいくファンジオの雄姿があった。

「……カッコいい」

皮肉にも、ファンジオの立ち向かうその後姿を、アランはワクワクしながら見つめていた。

自らの数倍もある大きな生き物が相手でも、怯むことなく向かっていく父親の姿。

いつもは土魔法で精製した猟犬に獲物を持ち帰らせて、にこにこ顔でそれを解体する姿を見慣れていたアランにとって、父親の覚悟を決めた凛とした姿は、何より新鮮で格好良かったのだ。

「パパだ！」

希望に満ち溢れた瞳。遠くからでもはっきりと分かる父親の気迫にアランは圧倒されていた。

圧倒されていたからこそ、その肌にプツプツと鳥肌が立ち始めている。

「そう、格好いいのよ。ファンジオはいつでも格好良くて、家族思いなの……」

何故、母親が大粒の涙を流しているのか。

何故、素直に父親を応援していないのか。

何故、父親を責めるような態度をとっているのか。

「ママ、パパのことがきらいになったの？」

純粋な一つの疑問が、気付けば口から出ていた。

「そんなわけ、ないじゃない」

気の動転も相まって、息子の問いかけの真意が分からずにいたマイン。

気付けば、アランの思惑を察したマインの決断はあまりにも残酷なものとなってしまっていた。

「ね、アラン」

マインの瞳の揺らぎはなくなっていた。

それは、決意の眼差しだった。

自分ばかりが泣いているわけにはいかないと。

ファンジオが自ら下した父親としての決断を、絶対に無意味なものにしないように。

それを伝えていかねばならない人間が、少なくとも目の前にいるのだから。

夫の背中から得たただ一つのメッセージをマインは受け止めて、右手で涙を拭き取った。

そして命を懸ける一人の男の背中をアランと共にじっと眺める。

「これからちょっとだけ、本当にちょっとだけ、パパに会えなくなっちゃうかもしれないの。それでも、パパをちゃんと見て」

「会えなくなるの？　なんで？」

「パパはね、ママと、アランを護るために頑張ってるの」

「……うん」

「私、ママ失格だったのかもしれないね。パパが聞いたら、怒っちゃうくらい……」

マインは独り小さく呟いた。

荷台に乗っていた全員が静観するなかで、マインはただ一人、アランの肩に優しく手を置いた。

裏庭から少し過ぎた場所で霧隠龍《ファントム・ドラゴン》と真っ向から対峙するファンジオの姿を見て、指さした。

「あそこで大きな怪物と戦っているのがあなたのパパ、ファンジオ・ノエル」

「知ってるよ、パパだもん」

「そう、そして同時に、村の人たちの誰よりも強い男のヒト。パパの背中を見て。パパの勇姿を」

シルヴィも、マインの言葉に耳を傾けている。恐怖におののいていた姿は微塵もなかった。

「パパと会えなくなるって、どういうこと？」

ドクン――。

再び、アランの奥底で何かが蠢きだしていた。

たかが六歳。

だが、アランももう六歳なのだ。

自分でも呟きたくない言葉を、マインはしっかりと、アランの目を見て話した。

「あの大きな化け物は、ママたちを食べちゃうかもしれないの。そうならないように、パパが私たちを守ろうとしているの」

「でも、パパ、強いよね！　あんなのに、負けないもんね！」

「…………」

アランの不安から飛び出したその表情にマインは何も答えなかった。

何も答えない代わりにアランの目をじっと見つめる。

「パパ、強いんだよ？」


ドクン、ドクン――。

「ええ、パパは強いわ」

「だって、だって、パパ、いつもわらっておにくわたしてくれるもんね！　それで、ママにわたすんだよ！　おいしくしてねって！　あんなやつ、パパがたおしてくれるもん！」

防御結界に護られた内部では、雨や風は一切吹き込まない。

猛スピードでファンジオ達から遠ざかっていく馬車は、ゴトゴトと激しい音を立てている。

次第に小さくなっていく父親の姿に、アランはなおも食って掛かっていた。

「なんでパパを待たないの⁉　パパ、かつんでしょ⁉」

六歳ながらも、アランは薄々と感じ取っていた。

マインの涙、そして父親から遠ざかっている今の自分たち。その状況が示しているものをアランは少しずつ理解し始めた。


「うそだよ」

ドクン、ドクン、ドクン、ドクン、ドクン、ドクン。


心臓の鼓動が直接耳に届いてくるほどに高鳴っているのを、アランは感じていた。

一切遮断されているはずの風の音、雨の音が鮮明に耳の奥に、目の奥に確かな情景として浮かび上がってきていた。

まるでその場にいるかのような臨場感が覆ってきていた。

遥か遠くに見えるはずのファンジオの剣戟音と、霧隠龍《ファントム・ドラゴン》の叫び声すらもうっすらと脳裏に浮かび上がってきている。

まるで自らが世界の中心にでもいるような、世界を自らの手で壊してしまえるような感覚がアランを深く、広く包み込む。

「うそだ、うそだ」

ドクンドクンドクンドクンドクンドクンドクンドクンドクンドクンドクンドクンドクンドクンドクンドクンドクンドクンドクン――ドクン。

その瞬間、大空に激しい雷鳴が響き渡る。

馬車をも包み込むような一閃に誰もが驚きを隠せない。

「あそこに、パパが……」

アランの呟きにマインが眉を顰める。

「真っ白くて、何も見えないところにパパがいるよ」

アランの脳裏に浮かび上がってきたのは、今現在展開されているファンジオと龍の戦闘状態だった。

『囲い霧』により激しい濃霧に包まれたファンジオの姿を、アランは直感的に確かめていた。

「あ、アラン？」

怪訝そうにふと近寄ったマインの手をするりと抜けるアランは、丘の上、ファンジオのいる方向をじっと見続けていた。


「いまいくよ、パパ」

アランが喜々として呟いた、その瞬間だった。

バリィ!!


ふっとアランが姿を消すと同時に、ルクシアの張った防御結界が、まるで風船が割れたかのようにあっさりと破られた。

「何じゃと!?」

フーロイドの驚愕が、ファンジオのいる方角に向けられていた。

「わ、私の防御結界が破られた⁉」

ルクシアが驚きのあまりに後ろを振り向く。

防御結界を失った馬車の荷台に次々と降りかかる強い雨。

ルクシアがそれに対処するため、馬に鞭を打つのを中断して後ろを振り向いたその刹那。


――ッ。


雨の音を全て掻き消すかのような轟音と共に彼らの前に現れた一筋の光。

黄金色を呈したその光が、天空から地上に向けて放たれていた。

「ヒヒイイァァァァッ‼」

目の前を覆い尽す光量と耳をつんざく爆音によって正気を失った馬が、錯乱したように暴れ出し、乗っていた全員を地面へと振り落とした。

一瞬、天を完全に支配した光と音が消えていく。

地面に投げ出されたマインが小さく、我が子を求めるように辺りを見回した。

「まさか、あやつがそうだというのか？」

馬車が倒れる。

地面に伏せていたフーロイドは雨に濡れているのも忘れて、その光景を見つめていた。

「伝説がこの世に顕現したとでもいうのか！」

フーロイドの瞳が光り輝いた。

「アラン・ノエル、お主が神に愛されし魔法の使い手じゃとでもいうのか……」

フーロイドは震える両手を高く掲げて、天を仰いだ。

目の前の伝説を疑う余地はどこにもなかった。

「天属性の魔法術！　よもやこんなところであいまみえるとは！　運命とはなんと残酷で！　皮肉に満ちておるのじゃ……！」

フーロイドは肌がぞわりと逆立つような感覚に支配されていた。

先ほどまで降りしきっていた雨、空を覆い尽くしていた暗雲が何かに操られるように引いていく。

それは、この世に一つの修羅が姿を現した瞬間だった。

○　○　○

世界が光に包まれた。

その光は、自然を、人工物をも遥かに超越した存在。

――さながら、神が作り出した産物のようだった。

「な……!?」

ファンジオの目の前を覆っていた濃霧が、見えない剣で裂かれたかのように二つに分かれる。

何も見えなかった白い空間の中に突如現れた一閃。

ファンジオは思わず目を疑った。

自身の目の前に現れたのは、護るべき存在だった。

濃霧を一閃で切り開いた一人の小さな少年。

ファンジオの眼前には霧隠龍《ファントム・ドラゴン》が大きな翼を広げている。

「パパを……！」

突如姿を現した少年は、自身よりも遥かに大きな存在を前に、少しも臆することはなかった。

ギラリと狩る者の眼光を突き付けて少年は、吠える。

「パパを、いじめるなぁぁぁぁぁぁぁぁッ!!」

ファンジオの前に盾を作るように立ちはだかって、アランは両手を広げた。

その叫びに応えるように、天から雷の一閃が霧隠龍《ファントム・ドラゴン》に突き立てられる。

「ヒョウウウウアアアアアッ!!」

耳をつんざくほどの甲高い悲鳴と共に、眩い黄金色が龍の身体を包んでいく。

肉が焦げた匂いと、電流で痙攣する霧隠龍《ファントム・ドラゴン》の身体。

再び視界を塞ごうとする濃霧を切り払うかのように、アランの両手には膨大な魔法力が込められていた。

ゴウッ。

アランの両の手から噴射されたのは草原の花々をも一瞬にして吹き飛ばす暴風だ。

「これは……！」

二人を覆っていた濃霧が、アランの発現させた暴風により一気に消し飛んでいく。

自ら作った霧に隠れて獲物を屠ることを旨とする霧隠龍《ファントム・ドラゴン》にとって、霧が晴れたことは誤算である。

「あ、アラン？」

ファンジオは右手に持っていた剣を強く握りしめる。

ブスブスと黒い煙を体から放ちながら、懸命に立ち上がる霧隠龍《ファントム・ドラゴン》。

龍さえも、自らの技を破って突如現れた一人の少年を訝しむように、首を軽く捻っている。

「ママが泣いてた」

視界が明瞭化し、霧隠龍《ファントム・ドラゴン》から一切目を逸らさずにアランは声を荒げる。

「パパはぼくがまもる！　ママだって、もう泣かせない！　パパは強いもん！　ぜったいに、負けないもん!!」

「ガルルルル」と威嚇する小さな猟師に、ファンジオの目頭がふと熱くなった。

降りしきる雨はまだ止まない。

天では未だに小さな雷鳴が轟いている。

なぜ逃げたはずの息子がここにいるのか、なぜアランがこれほどまでに強大な魔法を使えるのかなど、考える余地はなかった。

「大きくなったな、アラン」

窮地だからこそ知りえた、我が子の成長だった。

少し前までは腕に抱えるほどの大きさしかなかった息子が、今はこうして自分を守ろうとしてくれている。

幼く小さな背中が、果てしなく大きく見えた。

霧隠龍《ファントム・ドラゴン》はもう一度『囲い霧』を発生させようとしていた。

翼を大きく広げ始めると、落雷の影響で焦げた臭いが場に広がる。


雷で倒せなかったのは、アランの魔法力がまだまばらで、未熟だったからだ。

が、ファンジオは確信に似たものを感じ、にやりと笑みを浮かべる。

「コイツを狩って、ママに見せびらかせてやろう。パパとアランはこんなにすごいんだぞって、ママに褒めてもらおう」

ファンジオは左手で己の目頭を小さく摘まんだ。

——なぁ、マイン。


「パパといっしょだー！」

――俺たちの息子は、こんなにも優しくなった。


ファンジオは挙動少なく剣を持ち直した。

つい数刻前まで時間稼ぎをするために自分の命を捧げようとしていた。

妻と息子が逃げる時間を稼ぐために。妻と息子を護るために。

だが、ファンジオの心にもうその選択肢は微塵もない。

「生きて、帰って、飯食うぞアラン！」

「おー！」


――俺たちの息子は、こんなに強くなったんだ。


ファンジオは自らの前に立った小さな猟師を見た。

その猟師はファンジオが今まで出会った中で最も強く、最も気高かった。

「アラン、魔法は使えるな？」

「うん、なんかへんなかんじする。いつもとちがって、ぶしゃーって、ぐわーってくる」

「おう。それが分かってたら充分だ！」

そんな問答を繰り返す中でも、眼前の白い龍の翼に宿る蒼い粉塵が再び宙に霧散。

ファンジオは、アランの横でじっと目を凝らす。

アランを護るべき存在としてではなく、共に強敵に立ち向かう一人の猟師《なかま》としてファンジオは受け取った。

「狙うは装甲の薄い心臓部分だな。いいか、アラン」

ファンジオは直剣の先を霧隠龍《ファントム・ドラゴン》に向ける。

アランはこくりと頷いた。

霧隠龍《ファントム・ドラゴン》はその粉塵を二人に向けて放つ。同時に周りの雨を吸収するようにして徐々に白い霧が形成されつつあった。

先ほどよりも雨足は強くなり、霧の形成も早く、濃度も高くなる。

自らの視界を塞ぐほどの濃霧が形成されたその瞬間、ファンジオは力の限り眼前の龍に向けて大地を蹴り上げた。

「やれ、アランッ!!」

ファンジオの指示と同時に、アランは腕を再び広げる。

「いっけえええええええ!!」

先ほどよりも遥かに密度の高い嵐が左右にそれぞれ一つずつ形成され、瞬時に彼らの視界から白い濃霧を排除していく。

そんなアランの胸に現れたのは、黄金の光。

天から授けられたその力を武器に、アランは自らの手の中に雷を作り出した。

アランが手を、霧隠龍に向けると同時に光速の一閃が胸の中心を射抜いていく。

「ヒョ……オォォォォォォォォォォォォォォォォッ!!」

霧隠龍《ファントム・ドラゴン》は今まさに、ファンジオ達を喰らおうとしていた。

牙を剥きだしにして、翼で彼らを覆うような体勢を取っていた龍の胸は、がら空きに等しかった。

「パパ！」

アランの声は明るかった。

死を覚悟していたファンジオの前にやってきてくれた希望に向かって、思わず笑みがこぼれた。


——ありがとな、アラン。


ファンジオは自身の剣先に二人分の力を込めて、霧隠龍《ファントム・ドラゴン》の胸に激しい一撃を喰らわせた。

それは、霧隠龍《ファントム・ドラゴン》の討伐を、親子《ふたり》で成し遂げた瞬間でもあった。

○　○　○

目の前の霧隠龍《ファントム・ドラゴン》は動かなくなっていた。

ファンジオは龍の胸に突き刺していた剣を素早く抜く。

全く動かなかった霧隠龍《ファントム・ドラゴン》の口元からは、コポリとまとまった量の鮮血があふれ出している。

「ヒョ……オ……」

ふと、力なく目を開けた龍。

ファンジオはくるりと背を向けた。

「行くぞ、アラン」

ふらふらと足元おぼつかなく歩く我が子を抱きかかえるファンジオ。

アランはファンジオの腕の中で目を閉じかけながら、今まさに命を落とそうとする一頭の龍を見つめた。

霧隠龍《ファントム・ドラゴン》は倒れていた体を首だけ起こした。

ぽたぽたと落ちる紅の血を見向きもせずに遠い彼方に向かって声を上げる。

「ヒョォォォォォッ!!　ヒョオオオオッ!!　ォオオォ……ゥォ……ッコ……ヒョアアアアアア……アア……」

霧隠龍《ファントム・ドラゴン》の命を張った声。

それは先ほどのようにファンジオ達を威嚇するものではない。

どこまでも切なく、どこまでも儚い慈愛に満ちた声だった。

血を洗い流すかのような雨は二人の上にも降り注いだ。

腹から絞り出すかのように発したその声は遠く、遠く響いていった。

「パパ、動かなくなっちゃった……」

アランは腕の中でぎゅっと小さく両手を握る。

「ああ。敵ながら尊敬するよ」

「……うん」

アランはそう答えるだけで精一杯だった。

その声は、死応声《しおうせい》と呼ばれる、主に龍が発するもの。

特に、親龍が死ぬ間際に放つ声のことだ。

通常、龍族は育児本能を保有している。今回のエラムの件などは母龍が子龍に狩りの基礎を教え込んでいたことが発端だ。

だが、そんな母龍も自らの命を落としそうになる寸前には最後の力を振り絞って子供を逃がす習性がある。

滅多なことでは見られるものではない動物の、動物による、動物のための本能行動だ。

それが死応声。

ファンジオは、それが母龍だと分かっていて何も躊躇わずに一撃を食らわし、絶命させた。

そのことに対しては何の後悔も抱いてはいない。

「……エラム」

ファンジオは、地に伏せるエラムを一瞥する。

「まさか、こんな結果に、なるなんてな」

エラムの周りにできた血溜まりを見て助からないことを悟ったファンジオは、小さくため息をつく。

「やっぱり、お前たちは、悪魔だよ」

捨て台詞のごとく不敵な笑みを浮かべたエラムが、ファンジオに抱えられたアランに視線を向ける。

「……言い残したことはそれだけか」

ファンジオは歩みを進めながら、悲しみの目を向ける。

荒い息が次第に消えていったのを感じ取って、ファンジオはその瞼をそっと閉じてやった。

ふとその横にあるものを見つけて、ファンジオがしゃがんで持ち上げたのは、エラムが腰に帯刀していた直剣だった。

かつてはエラムと何度も剣を交し合って稽古をした仲だった。

だが、そんなエラムももういない。

雨足は徐々に弱まる。

「にじだ……パパ、にじだよ」

アランが見た方向をファンジオも目を向ける。

親龍の最後の叫びを聞いた子龍二頭が並んでアーリの森から飛び去っていくのが見えた。

○　○　○

「ファンジオ！　アラン！」

アランを抱えて草原を下るファンジオを見て、マインは目にいっぱいの涙を溜めていた。

「……ま、マイン」

ファンジオは苦笑いをすると、自身に向かって走って来る妻から申し訳なさそうに目を背ける。

血生臭さを一切気にもせず、マインは雨でずぶ濡れになった体をファンジオに押し付けた。

「あー、その、悪かった……」

ファンジオは何か気を利かせたことを言おうと、何らかの謝罪の言葉を述べようと頭の中をフル回転させるが、それさえも全て飲み込むかのようにぎゅっと二人を抱きしめるマイン。

「何も言わなくていい。何も言わなくていいから」

ファンジオとアランを抱きしめる腕の力が、ぎゅっと強くなっていた。

それを感じ取ったファンジオは、言いたいことはたくさんあったものの、ただ一言だけを確かに告げる。

「――ただいま」

そんなファンジオの一言にマインは、グスリと鼻を啜った。

ロングストレートの銀髪が風にたなびき、揺れる。

草原に反射した太陽が彼女を優しく包み込んでいくなかで、マインは右腕で涙をぐっと拭き取った。

「……おかえりっ！」

不安も、悲しみも、怒りも何もない。

マインはいつも通り、狩りに行って獲物を狩って帰ってきた夫を出迎えるのとまったく同じ笑顔をしていた。

「アランは寝ちゃったの？」

「ああ、魔法力が枯渇して疲れたんだろうよ。こいつには助けられっぱなしだな」

ファンジオの腕の中で、すーすーと小さい寝息を立てるアランを見て両親は微笑んだ。

「この子、やっぱり『悪魔の子』なんかじゃやわよ、ね？」

「ああ。俺たちの命の恩人だ。本当に強くて優しい子だよ」

ファンジオは右手でアランの小さな頬をふにっと触る。

「ォッホン」

わざとらしく咳払いをしつつ下って来るのはフーロイド。

魔術師特有の尖った帽子は、先ほどの雨ですっかり濡れている。

フーロイドはあっけらかんと言葉を紡いだ。

「無事じゃったか、ファンジオ」

彼女の一番弟子でもあるルクシアは、暴れ出した馬の回収と応急的な馬車の修理に。

それに村の男たちが狩りだされている。

「世界とは、酷なものじゃの」

意味ありげに呟くフーロイドは、空にかかる虹を眺めて天を仰いだ。

「そういえばフーロイドさん、先ほどおっしゃっていた天属性魔法とは、何なのですか？」

馬車に修理を施しながら、マインは疑問を投げかける。

それに対してフーロイドは、ファンジオの抱きかかえるアランを見ながら、ぽつりぽつりと呟く。

「今や亡国となった一つの小国の王族が、代々引き継いできたとされる伝承上の魔法術。それが天属性魔法じゃ。初代海属性、地属性の発現場所ともされておったが、その上位に存在する魔法でもある。……あまりの強力さ故に、大国同士の権力争いに巻き込まれて所有者ごと、いや国ごと滅び去ったとも聞くがな」

「地と海の属性魔法の初まりの場所、ですか」

「ともあれ、伝説上の国とも言われておる。昔から語り継がれるお伽噺《とぎばなし》の一種かと思われておったが、海属性持ちの『神の子』や、こやつの魔法を間近で見た以上、真実味も帯び始めてきたのぅ」

「確か海属性も地属性も、この世のどこかの誰かに突然変異として発現する希有な属性魔法だと聞いたことがありますが」

「かといって、偶発的に出る海属性や地属性よりも知られていないのが天属性じゃ。面白いほどに記載文献も見当たらぬ。伝承上の小国が本当ならば、むこう千年は現れた記述はない。今後こやつが台風の目となるのは間違いない。ワシらはもしや、歴史の境目を垣間見ておるのかもな」

「歴史の境目、ですか」

マインの呟きに、フーロイドは頷いた。

「気象を予想するだけなら偶然とも言えよう。世界で唯一天候を読めるとされている『巫女』のこともある。じゃが気象を操るとなれば、それは神を動かす力を持つことに等しいからの」

なかなか理解の追いついていないマインに、フーロイドは「まあ、今は良い」と猟師たちを見た。

「とにもかくにも目先の脅威は取り払われた。その間にお主には伝えておかねばならぬことが多い。数分後には出発できるじゃろう」

そう言うとフーロイドは杖を手に取った。

馬がルクシアの手によって捕まえられ、動ける村の男は馬車の修理にあたる。

その光景を見たマインとファンジオはフーロイドの提案にこくりと頷いた。

その後、ファンジオはマインと目を合わせてくすりと笑みを浮かべた後に「フー爺」と改まって真っ向からフーロイドを見つめる。

「俺からもちょっといいか？」

「何じゃ、改まって」

ファンジオはアランの能力を真に伸ばすにはフーロイドについていった方が最適だとは頭では分かっていた。

以前、フーロイドから提案されたことも一瞬は頭の中で考えてみたこともあった。

そんな中での結論だった。

前々から話していることでもあったのでその件については既にマインの同意は得ていたからこそ、彼は告げた。

「俺たちを王都に連れて行ってくれ。そしてフー爺。改めて、アランを頼む」

「私からもお願いします、フーロイドさん。アランを、お願いします」

ファンジオとマインの誠意の詰まった言葉にフーロイドはピクリと眉を動かした。

「どういう風の吹き回しじゃ？　前まではあんなに嫌がっておったというのに。まぁワシとしては好都合じゃがの」

にやりと口角を上げるフーロイドに、ファンジオ夫妻は苦笑を浮かべたのだった。

エピローグ①

残された者

一行はコシャ村に向かっていた。

馬車の中でアガル達によって語られたのは、今回のファンジオ一家襲撃事件、そしてアーリの森から生き延びた二人から聞いた討伐隊という二つの出来事の詳細である。

全十八人で組んでいたチームの内、死者はエラムを含む十四人。そして生存者はアガルを含む四人という、かつてない大惨事となってしまっていた。

唯一、死体を回収できたエラム《父親》の無残に変わり果てた姿に言葉を失うシルヴィの瞳は虚ろだった。

「悪かった」

馬車の中で両手両足を縛られたアガルが、身を丸くして口にしたのは謝罪の言葉だった。

全ての顛末を聞いたマインは口をきゅっと結ぶ。

その目に浮かんでいたのは怒りの感情。

「悪かった？」

ガタゴトと揺れる馬車のなかで、マインはふと立ち上がった。

ルクシアとフーロイドは黙々と前を走る二頭に鞭を打つ。

マインは、魔法力の過度な使用によって馬車に横たわる息子をふと見つめた。

馬車の動きを直接受けないようにと、息子の身体の下に敷いた長めのタオルが振動に合わせてゆらゆらと揺れている。

エラムの形見である剣を持つファンジオは静かに目を瞑り、かつての旧友に思いを馳せた。

切ない顔をした夫を見ても、マインの心は何一つ変わらなかった。

「今さら、ですね」

マインは躊躇わなかった。

揺れる馬車に足を滑らせることもなく、一歩、一歩アガルに近づいていったマイン。

パンッ。

頬を叩く音が馬車の後部に響き渡った。

「あなたが謝ったところで、終わったことは変わりません」

それはマインが己の人生で、初めて人に手を上げた瞬間だった。

彼女が放った平手打ちの一撃に、アガルの表情が固まった。

「あなたが謝ったところで、ファンジオが受けた苦しみも、アランが背負った寂しさも、何一つ消えることはありません」

マインは涙を零《こぼ》しながら続ける。

「あなたが謝るならば、今までの私たちの全てが否定されることになります。謝罪は受け取ります。でも！　少なくとも私はあなた方を許すことはありません。絶対に……！」

目の端に浮かんだ涙をふき取ったマインは、小さくお辞儀をしてアランの隣に正座をした。

ファンジオが鋭い目つきで村の猟師たち四人を睨み付けるなか、馬車の後部では静かな時間が過ぎていった。

○
○
○

コシャ村に到着した一行は二手に分かれた。

一つは、アガルたち四人の猟師とシルヴィ。

そしてもう一つはファンジオ一家とフーロイド、ルクシアだ。

五人は苦い顔をして村の中に入っていく。

その先にいるのは今回、猟師たちに出撃の許可をした現村長でもあるオルジ。

送った人数と帰ってきた人数。そして帰ってきた四人の損傷具合に顔が青ざめる村人達。

今回の件では、村の人たちに特別なことなどは何も言っていない。

すべてはエラムたちの独断専行であり、それを認可したオルジの責任。

いわば、「いつものように猟をしにいった男達」が帰ってくるはずだったのだから、その驚きたるや尋常ではない。

「ファンジオ、お主は行かんでもよいのか？」

ルクシアが馬を柱に繋ぎ止める。フーロイドは意地悪くファンジオに目を向けた。

「馬鹿言うんじゃねえよ」

笑うに笑えないファンジオは、村の異様な空気に顔をしかめるしかない。

「俺はコシャ村の人間を殺してる。そんな奴が会いにいけるもんかよ」

「自衛の手段の一つじゃった、とは考えられんのか？　お主は敵を殺めねば自らの命を落とす所じゃった」

「フー爺みたいにはなれねぇよ、俺は」

「……ほう、主にワシが分かるのか？」

「さぁな。少なくとも自分から話さねぇだろうから俺には分からんな」

フーロイドは遠い目で村を見渡した。

「……生存した者も皮肉なもんじゃのう」

強引に話を変えるかのようなフーロイドの発言に乗ったファンジオは、「ああ」と真面目な表情を呈した。

「生き残った奴も、村に残された奴にとっても辛いことだ。少なくとも、今まで通りのコシャ村ではいられないだろうよ」

含みを持たせたようなファンジオの言に「ふん」と鼻を鳴らすフーロイド。

馬車の荷台から「んー……」と間延びしたような声。

それと共に寝ぼけ眼を擦りながら四人の前に立ったのは、アランだった。

「ここって……」

アランはコシャ村へ続く一本道を眺めて呟いた。

気を利かせたマインは風で銀髪を揺らしながら笑みを浮かべる。

「あなたの生まれた場所よ、アラン」

「うまれた、ばしょ……」

アランは、自らの誕生した場所を眺めていた。

吹き抜けるようにして、温かな風が頬を小さく撫でていった。

○　○　○

事の顛末をアガルから聞いたシルヴィの母親——キーナは、嗚咽を漏らすことしかできなかった。

朝にいつものように出ていった夫が、死んだ。

その事実を自らで噛み砕き、反芻し、理解するのは容易なことではない。

村の中央で行われた緊急の集会。

その中心にいるのは村長でもあり、コシャ村での最高責任者であるオルジ。

そして今件の生存者であるアガルたち四人。

四人の説明を聞いた残された者達の反応は様々だった。

息子を亡くした者。

親を亡くした者。

愛する者を亡くした者。

それはキーナも例外ではなかった。

母親に寄り添うシルヴィ・ニーナは、欠けていた感情を取り戻したかのように、目に涙を浮かべだ。

——勿論さ。

エラムの言葉が、シルヴィの脳内で再生される。
――ビッグな話を持ち帰ってやろう。
そんな陽気な父親の言葉を聞くことは、もうできない。
「ああ……あああああっ！　……うぁぁぁあああ！」
母親の慟哭。
村人の嗚咽。
だが、それでも彼らは帰っては来ない。
その淡々とした事実がさらにシルヴィの胸を締めつける。
そんな様子を見るアガルは、小さく唇を噛んだ。
自らの犯した過ちと、生き残ったことへの罪悪感が彼を次々に支配していく。
――この日、一つの村はある種の分岐点を、そしてある種の崩壊を迎えていた。
二度と戻らない時を。二度と戻らない日常を。誰もが後悔せざるを得なかった。

エピローグ②
先を行く者

「……頃合いじゃな」

フーロイドは視線でルクシアに指示を出す。

コシャ村の滞在から一時間ほど。

その間に数日分の食料を調達した一行は、長旅に備えて馬を休ませていた。

村の中が悲壮な空気に包まれていたのは、端から見ても明らかだった。

馬の息が整ったことを確認したフーロイドは息をついた。

「フー爺、助かったよ。多分、あんたが来なけりゃこの結果はなかっただろうさ」

ファンジオは顎鬚を触りながら苦笑を浮かべる。

「お主に死なれてはアランの成長に支障が生じる。親というものは子供の成長を陰から見続けていたいもの。反対に子も自身の成長を親に見ていてほしかろうてのう、アランや」

フーロイドの語りかけに疑問符を頭の上に浮かべるアラン。

逆に、ファンジオは少し眉をしかめた後にフーロイドを問い詰めるような形で首を傾げる。

「フー爺、アンタ……」

杖を突く老人の背中が酷く小さく見えた。

「所詮昔のことじゃて」

そう一蹴するフーロイドの前に駆け寄ったのはルクシアだ。

「準備できました、いつでも出発できます」

ルクシアの言葉に、フーロイドは小さく頷いた。

「お主らは別れを済ませたのか？」

去りゆく故郷であるコシャ村に、ファンジオとマインが思うことがないのか、と問われれば否となる。

自らが生まれ育った場所を遠く離れてしまう不安と、王都での生活。

王都に住むために必要な税を納めなければならないことや、新たな生活に家族全員が適応できるのか、田舎出身の自分達が受け入れられるのか、問題は目の前に山積みだ。

「マイン、いいのか？」

ファンジオが問う。それに対しマインはにこりと笑みを浮かべてから「家族がいるならどこへでも。住めば都って言うじゃない？」と人差し指を一本立てた。

マインの言葉にファンジオ、アランが笑みを浮かべる。

「ところで、シルヴィは――」

「あやつは、今は無理じゃろう」

ファンジオの言葉を遮るようにしてフーロイドは淡々と呟いた。

「精神的な苦痛もある。魔法と精神は大いに結びついておるからの。今の状態で王都に連れ出したところで、どうともならん。じゃが、元々の素質は大いに期待できる」

「……そうか」

「ワシは反骨心と執着心、向上心の塊が嫌いでなくての。ここで困難を乗り越え、成長すれば、シルヴィ・ニーナはアランの良き理解者となり、パートナーとなるじゃろう。今はそれを期待して、待つしかあるまいて」

フーロイドの優しい言葉がファンジオに有無を言わせなかった。

「お三方、荷台に席を作りました。楽な体勢で大丈夫ですから。えっと、ここに水、ここに食料が――」

旅路を迎えるにあたってルクシアがマインに説明を施す。

「これからは、フーロイド様のお宅で修行を積む、ということになります。アラン君は大丈夫ですか？」

「だいじょーぶ！」

「アランの言うとおりだ。俺も死ぬ気で働くか。とにもかくにも王都での求人を探さなきゃな」

「私も頑張ります！　フーロイドさん、ルクシアさん、息子を、よろしくおねがいします」

「今まで幾人もの方々がフーロイド様を慕って弟子入りを望んできました。ですがフーロイド様は頑なに弟子を取ろうとしなかったんです。今でこそフーロイド様の名前を知らぬ者も増えてきましたが、一時代を築いたあのオートル魔法研究所局長でもあるオートル様の師であったお方です。大丈夫、私が保証しますよ」

得意げに語るルクシアに苦笑いを浮かべる二人だったが、ファンジオが「大丈夫だ」とフーロイドに語り掛ける。

「別にアンタが偉かろうが偉くなかろうが、アランの師になってくれていることには感謝してるんだ。な、アラン」

ファンジオがアランの頭をなでると、当の本人はにっこりと笑みを浮かべる。

「『おーと』でもフー爺とあそべるの？」

「お主は相変わらずそこなのじゃな！」

「だってフー爺おもしろいもん。ルクシアさんも、さいきんすっごく笑ってくれるし……えへへ～」

「わ、笑ってますかね？」

若干の照れを醸し出すルクシアに、「っふぉっふぉっふぉ」といつものような枯れた笑い声を出したフーロイドは、眼前に座るアランをじっと見つめた。

「さて、本題じゃ、アラン」

「んー？」

「単刀直入に聞こう。お主、何を成し遂げたいのかね？」

フーロイドの眼差しは真剣そのものだった。

思惑に反してアランは「んー」と笑みを浮かべる。

「むかしね、そらからこえがしたんだよ」

「ほう」

「いつか会いたいねって言われたんだ。ぼくも会ってみたい。それで……」

アランの脳裏に浮かぶのは、先ほどの出来事だった。

エラムが自身を睨み付けていた。ファンジオと共に、大きな龍を倒した。村人達の交流する姿を初めて見た。

「ぼくのこと、ちからのこと、もっとしりたい。そのためなら、なんだってするよ」

一瞬顔を強張らせたアランだったが、「あと」と再びにこりと笑みを浮かべる。

アランの決意にファンジオは興味を示す。

「パパ、かっこよかった。またパパと、いろんなかかりをしたいな」

そんなアランの漠然とした目標に、そこにいた皆が苦笑を示した。

当の本人であるファンジオは「悪くねぇ目標じゃねぇか」とくしゃくしゃとアランの頭を撫でてやる。

「それでいいんじゃな、アラン」

「うん！」

幼き少年の決意を持って、一行は王都へと歩き出していた。

第六章

第一歩

アルカディア王国が王都――名をレスティム。

その王都の中心にそびえ立つ高い塔は、ここ数十年で急速発達した王国のシンボルでもある。

オートル魔法研究所。

一人の男が短期間で立ち上げたこの巨大機関によって一大都市に成長したのが、この王都。

そこがアランの新たな生活拠点だった。

「準備はいいかの？」

暗闇の中から姿を現したのは、白髪と長い白鬚をたくわえた老人だった。

薄汚い茶のローブを変わらず羽織るその老人は小さく笑みを浮かべた。

この王都を発展させた立役者でもあるオートルの元師匠。

名を、フーロイドという。

過去には宮廷魔術師の職についていた高名な魔術師でもある。

コシャ村を出て、はや八年。

その集大成が今、試されようとしていた。

明日になれば十五歳を迎えるアランにとって、これは乗り越えなければならない大きな壁だった。

「魔法力使用の全ての基礎は『白球浮動』にあることは承知しておるな。大きな木の枝のように広がっていく魔法の使い方の根底にあり、これ以上シンプルな上達法はない」

アランの手に持たれたのは小さな白いボール。

この八年間、素性のよく分からない天属性魔法の使用は完全に禁止されていた。かつて霧隠龍《ファントム・ドラゴン》を屠った際にも周囲はしばらく原因不明の悪天候が続いたことから、何が起こるか分からないと判断されたからだ。

手に嵌められているのは黒のリストバンド。

フーロイド曰く、これは魔法を使用しようとしても魔法属性を全て吸収、その後に霧散させる魔法制御の効果がある器具だという。

魔法具開発の産みの親。そう呼ばれて久しいフーロイドは趣味程度に様々な魔法具の試作にも取り組んでいる。

その一環としてアランにあてがわれたのが、このリストバンドだった。

いくら魔法力を注入しても、あっけなくリストバンドから空に霧散していく魔法力の様子をアランはこれまで何度も見てきた。

当初のうちは、使い勝手と魔法力のコントロール不足から、何度も何度も破壊してしまった。

だが、今回装着したリストバンドはすでに一年使い続けている。

あの頃とはもう違う。

それを見せつけるためにも——。

「今からお主にやってもらうことは単純じゃ。ワシの指定した高さに寸分違わずに白球を浮かせる。そして可能であれば空間の縦軸でなく、横軸もあわせるといい。その成果次第で、お主の望みを聞いてやろう」

「うん、分かった」

「では、始めていこうかの」

こつり、フーロイドは杖を動かし始めた。

○　○　○

「そういえば、ルクシアさんは？」

フーロイドによる課題を終えたアランは、きょろきょろ辺りを見回す。

コシャ村の外れに住んでいた時とは顔立ちも少し幼さが抜けているものの、まだ子供に変わりはない。

アランは王都レスティムの路地裏にある、薄汚い小さな一軒家に帰宅した。

「ルクシア、のぅ……」

フーロイドは深々とため息をついた。

「奴はマインの料理教室に赴きおったぞ。まあ奴のワンスパイスによって毎回邪魔されとると言うのに、よく我慢できたもんじゃ」

「……母さんは今日、来るの？」

「忙しくなければの。マインも今や王都きっての人気料理講師じゃ。まぁ、過度な期待はせんことじゃの」

フーロイドは遠い目をして呟いた。

湯飲みを持ってずずと茶をすするフーロイドは、静かに目を瞑った。

彼が今までに犠牲になった回数は計り知れないものだった。

とても師への扱いとは思えないルクシアの劇物を何度も食べているうちに、フーロイドは大抵の毒物の耐性が付いてしまうというレベルだ。

更には、今までの人生で絶対にやってこなかった料理さえも自衛のために行うという始末。

思い出すだけでも吐き気を禁じ得ないフーロイドは、強引に話題転換をしようとしてアランを見つめた。

「奴は魔法の方は天性のもので補ってはおるが、他はただの阿呆じゃからのう。一国の女王候補とは思えんわい」

「あ、あはは……」

「まぁ、どんな脇道を通ろうと、奴の素質はワシが一番知っておる。老骨は後進を静かに見守るとするかの。アランも、ルクシアも。実に楽しみじゃ」

フーロイドはふっと笑みを浮かべた。

「さてさて、ルクシアが帰って来る前に買い出ししておかねば、二人そろって劇物を食わされるわい」

フーロイドは杖を突いて立ち上がった。

古びた家とは全く違い、華やかな王都の大通りに姿を消していく。

まるで、アラン・ノエルを見つけたあの日のように。

王都に来てから、一家の生活は激変した。

ファンジオは今や、片田舎で霧隠龍《ファントム・ドラゴン》を倒した猟師として、街の冒険者ギルドで単独狩猟を繰り返す強者《つわもの》冒険者の一人。

かたやマインは、持ち前の料理スキルとルクシアの異常なまでの推薦もあり、ここ王都で料理教室を開いて絶大な人気を誇り始めていた。

フーロイドの提案により、アランはマインとファンジオとは別れて生活をしている。

それは、マインとファンジオの生活基盤が今のところ安定せず、お互い家にいる時間が少ないためだ。

その時だった。

フーロイドから課された基礎教養の問題をこなすアランの元にやってきたのは、一人の女性だ。

「調子はどうですか？　アラン君」

翡翠のロングストレートと紅の瞳。

アランの肩をポンと叩いたその女性はアランの姉弟子でもあり、フーロイドとの間で『劇物製造機』と称されるルクシア・カルファ。

エルフ特有の尖った耳をピコピコと動かしたルクシアは、勉強中のアランににこりと笑みを浮かべて持っていた包みを机の上に置いた。

「どうしたんです？　これ」

「マイン先生の料理教室の時に。マインさんに頼まれたんです。勉強ばっかりじゃ疲れるからあの子にクッキー渡してってことで差し入れだそうですよ」

「母さんが!?」

「そうです、ちなみに右手にあるのが私が丹精込めて作――」

「甘い……。コシャ村で暮らしてた時よりも種類が増えてますよね」

「あ、アラン君！　こっちにあるのが！　この私――」

「そういえばルクシアさん。フー爺がさっきからずっと、ルクシアさんが作ったお菓子が食べたいなーって呟いてましたよ。買い出しに行くって言ってたけどそろそろ帰って来るんじゃないですかね？」

背中に冷や汗をだらだら流しながらアランは呟く。

その目線の先には、ルクシアが持つ小包があった。

紫色の煙がたちこめるそれからは、命を刈り取られる気配すらも感じられた。

アランの一声に「ふ、フーロイド様が!?」と目を輝かせたのはルクシアだ。

母が作ったというクッキーをもう一つ頬張ってペンを動かすアランは、額に冷や汗を滲ませながら追撃をかける。

「うん。最近フー爺、ルクシアさんの料理が食べたくってしょうがないらしいです。そのクッキー、せっかくなので全部フー爺が帰ってきたときにその場で残さず食べさせてあげるといいと思います」

「ええ！　分かりました！　ふ、フーロイド様がそこまでおっしゃられるのであれば！　た、食べさせてあげないこともないんですからねっ！」

「ぼ、ぼくは今日のご飯の買い出しにいってきますね！」

「えぇ！　いってらっしゃいアラン君！」

アランは自分に何とか被害が来ぬようにと、露骨にだが誘導しきった。

心の奥底でほっと安堵の溜息をつきながらも、これから地獄を見るであろうフーロイドにそっと心の中で謝罪する。

階下からは「アラン、ルクシア。帰っておるのか？」としわがれた声が聞こえてくるのを二人は聞き逃さなかった。

「フーロイド様！　見てください、私、クッキー作ったんですよぉぉぉ！」

幼い娘が、親に報告するかのようにスキップ交じりで階下に向かうルクシア。

鼻腔を突き抜けていく異臭。

アランは鼻をつまみながら、素早く窓を開けた。

「ん？　どうしたルクシアよ」

「見てください！　私、マイン先生に教わってクッキー作れるようになったんですよ！」

「っふぉっふぉっふぉ。そうか、そうか。それは良きことよ。後でワシらが――」

「今、今食べてください！　感想が聞きたいのです！　フーロイド様、私のお菓子食べたかったんですよね!?」

「……ふぉ？　い、いや待て早まるでないルクシア。ワシはそんなことは言ってはおらんが」

「遠慮なさらず！　もう！　あーん！　が欲しいんですね！　本当にエッチなんですから！　でも私はやって差し上げますよ！　はい、アーン……」

「殺さないでくれ！　頼む、後生じゃ！」

「ささ、ささ、どうぞ！」

「ね、ねじ込むでない！　それはアーンではない！　そんなアーンなど望んでは……アアァアァアぁ……ぁ……ン」

「体力回復に定評のある闘龍バトルドレイクの睾丸、気分があっという間に楽しくなるというシャルラ木の葉っぱ、一週間は寝ないでも行動できる成分のある鬼喰魚の心臓……って、フーロイド様？」

今まさに階下で行われている殺人行為に、アランはぶるっと鳥肌が立つのを感じていた。

ルクシアの料理を食べて勇敢にも戦死していった一人の老人に黙祷を捧げたアランは、静かにマインの作った正しく美味しいクッキーを天に掲げる。

「もう一つどうぞ、二つ、三つ、四つ……」

「ヴぉ……ヴぉ……ヴぉ……」

ピクピクと痙攣する様子が脳裏に蘇りかけたアランは、母親が作った甘いクッキーを一つ、カシリと口に含みながら家の外の空を見上げた。

「十五歳かぁ」

アランはこの日を、何よりも待ち望んでいた。

今日、十五歳の誕生日を迎えるアランを祝うために、両親がフーロイドの家に集まる予定だ。

微妙に訛っている言葉遣い、無駄のない食材の使い方と創作料理などで人気を博している教師、マイン。

遅咲きの新人冒険者として早くも頭角を現し始めたファンジオ。

普段は離れて暮らしている家族三人だが、アランの誕生日は毎年欠かさずフーロイド家に集まっている。

コシャ村を出てからの八年間。アランはひたすら魔法力のコントロールに重点を置いて、着実に力を付けてきた。

強大すぎる魔法力を持っている者ほど、その扱いは雑になりがちな傾向があるらしい。

最初は、魔法力コントロールの基礎である白球浮動では漠然と魔法力をイメージし、漠然と放出することしかできなかった。

オートル魔法研究所の頂点にまで達することもあれば、フーロイドの家の天井までに収まったり、その範囲は様々だった。

だが、先ほどの最終テストでアランは見事、フーロイドの期待に応えることができたのだ。

それは、フーロイドと交わしたとある約束が解禁されることも意味している。

その事が、アランにとっては待ち遠しくて仕方がなかった。

手に嵌められているリストバンドを一瞥する。

これのおかげで、魔法属性を上手く抑えつつ魔法力の練習ができたのだ。

この世には魔法を使って発動させる魔法具が数多く存在する。

それらのほとんどを発明、発売しているのは王都中心にある中央管理局。

年間数百という単位で開発される魔法具の試用、販売、特許権を一手に持つオートル魔法研究所は、王都レスティムを一気に発展させたシンボル的存在でもある。

「っていうかそろそろ惣菜買わないと。またルクシアさんに変なもの作られたら今度こそ殺されちゃうよ……！」

姉弟子でもあるエルフ族の残念な姿を頭に思い浮かべながら惣菜を選んでいる、そんな時だった。

「ルクシア殿下！　こ、こんなところにおられたのですか？　明日も早いのですからお戻りください」

ふと、ルクシアという名を耳にして振り返ったアランの視線の先にいたのは一人の少女だった。

紫に靡く二つの房はいわゆるツインテールと呼ばれる髪型だ。

大人びた表情だが、その背はアランの胸辺りくらいまでしかない。

細い体躯に、煌びやかな服装からは高貴さが伺えた。

なにより印象的なのは、病的なまでに白い肌と尖った耳。それはエルフ族の特徴だった。

ぼうっと少女を見つめていると、その後ろからわざと大きな咳払いをしてやってくる黒服の女。

訝し気な態度と、侮蔑気味の表情のその少女は、アランをじろじろと睨みつける。

黒の髪。

「なんだ貴様。殿下に何か用か？」

「ルクシア殿下」と呼んだ張本人もエルフ族のようだった。

従者のように付き従うその少女。

凛とした表情、姿勢とすらと伸びた鼻筋。執事がよく着る燕尾服を身に纏い、短く切り揃えられた黒の髪。

ボーイッシュな雰囲気を漂わせたその少女は、アランに激しく視線を飛ばした。

「あぁ……いや、ルクシアって名前に聞き覚えがあったからさ」

「貴様、殿下を呼び捨てとは……!?　ルクシア殿下を侮辱するとはいい度胸だな！　いいかよく聞け！」

意味も分からず呆然とするアランに、少女は声高に告げる。

「こちらにいらっしゃるはシチリア皇国第二十三代ルクシアを襲名するお方、ルクシア・シン様であらせられるぞ。貴様ごときがやすやすと呼んでいい名ではない！」

そんな少女を諫めるかのように、アランと少女の間に割って入った小さな少女は「はぁ」とため息をついて軽く従者の頭を叩いた。

「すまぬな御仁。こちらの者が失礼を致した。帰るぞ馬鹿者」

「で、殿下!?」

「まだ殿下ではない。大衆の面前で私の顔に泥を塗る気か」

「そ、そう言われましてもですね――」

「大体お前はいつも早とちりして事を荒立てていることにいつ気付くのじゃ？」

「うぅ……」

「それでも、わらわのために怒ってくれるのは嬉しいぞ」

「も、もったいないお言葉です！　殿下！」

「じゃから殿下はやめろというのに」

ペシ、と小さい身体で少女の胸を叩いたルクシアと呼ばれた少女は、アランに小さくぺこりとお辞儀をした。

嫌々ながらもその隣に付いた従者もお辞儀をする。

そんな様子を遠目から見ていた人が寄ってきているのを振り払うかのように二人は姿を消していく。

「シチリア皇国……？」

聞き覚えのある単語。

聞き覚えのある名前。

アランの知っている「ルクシア」と呼ばれる女性と、先ほどの小さな「ルクシア」と呼ばれる少女の因縁を肌で感じているアランに、ポンと肩を叩いて白い歯を見せた者がいる。

「お前も面倒な奴に目ぇつけられたな」

アランの前に現れたのは一人の少年だった。

紅の髪を逆立ててオールバック気味にしていたその少年は、苦笑気味に呟いた。

「シチリア皇国の皇女ルクシア・シンに、その番犬ユーリ・ユージュ。番犬の首輪くらいちゃんと嵌めといて欲しいところだな」

少年の腰にあるのは黒い剣。魔法力の感じられないその剣の柄に手をかけた少年は、颯爽とアランの手を握った。

「ありがとうございます。助かりました」

「おう、いいってもんよ。っつーかどうせ年も近いんだろうし、そんな堅苦しい言葉遣いはなしだ。お前とは、そうだな、どっかでまた会う機会もあるだろう」

「どこかでまた……？」

「お前には、何か他の奴らとは違う何かを感じるんだ。そういうの、分かんだよ」

そう、ニシシと笑みを浮かべた好印象の少年は「じゃーなー」と手を振ってアランの元を去っていく。

「……何だろう、今の」

色々な疑問が頭をよぎっていくなかで、王都の中央通り、アランの前を遮ったのは藍がかったポニーテールの少女だった。

前を行く二人を一瞥して機嫌悪そうに歩くその少女。

——この子、どこかで？

アランが記憶を引っ張り出そうと脳裏を掘り返していた、その時だった。

「アラン？　あなた、アラン・ノエルでしょ……？」

ふと、少女の歩みが止まる。

機嫌の悪そうな表情がぱぁっと明るくなる。

だが、自分を正すかのようにコホンと咳払いをして少女は小さな胸を張った。

少女からの突然の接触にアランの思考はついていけていない、そんな状態で。

「アラン・ノエル！　久々ね！　私よ！」

そう元気よく宣言する少女の姿を見ても、アランは何も思い返せずにいたのだった。

自信満々に仁王立ちするその少女は、アランをピシッと左手で指さした。

「……どうも」

アランはぺこりと頭を下げる。

——今日はやけにいろんな人に話しかけられるなぁ。

そんなことを考えつつ、アランは相手に極力失礼のないように、そそくさとその場を立ち去ろうとする。

それで格好がつかないのか、しゅばっ！　と、アランの前に立ち直した少女はドヤ顔で告げる。

「——ふ……っふふふ……もう一度言うわよアラン・ノエル！　私よ！」

二度目の自己紹介のようなものをするときには、少女は既に涙目だった。

「ごめんね……どこかで会ったりしたのかな？」

「ごめんじゃないわよ！　何で覚えてないの⁉　あの時、中央管理局で会ったじゃないの！　なんでこの高貴なる私の名前くらい覚えてないのよ⁉」

「初めて王都に来たとき。フー爺が師匠になったとき……？」

「誰よフー爺って！　私よりそのフー爺って人の方が大事だって言うの⁉」

「え、えー……すごく理不尽さを感じるよ？」

完全に返答に困ったアランは苦笑いを浮かべるしかできずにいた。

王都中央通りに木霊する一人の少女の嘆きに周りの人々が気付き始める。

「あれ、まさか、エーテル・ミハイル様じゃないか？」

「エーテル様⁉　海属性の『神の子』か？」

「昔はそんなことも言われてたなー。今は『神童』だぜ？」

「稀有な海属性。そして神童か。そんな人が何でこんなところで叫んでんだ……？」

「神童様の考えることはよくわかんねーな」

「んだんだ」

周りの観衆が口々に少女を指さして噂する中で、ピクピクと眉を顰《ひそ》めて少女はそれでも表情を崩さなかった。

「ふ……ふふ……」

アランは観衆の言った「神の子」という言葉に聞き覚えがあった。

果物の入った紙袋の中を見つめて必死に記憶を探る。

「初めての王都？　フー爺に弟子入りして、初めて王都に行って、中央管理……。神の子……」

そして、頭に浮かんだあの言葉。


――わたし、えらいからじこしょうかいできるもん！

――エーテル・ミハイル！　このくにのみらいをせおうもののなまえよ！


透き通るような翡翠の瞳。

そして深海のようにに藍がかったその髪は昔から全く変わっていなかった。

「あ！」

「やっと思い出したようね。この国の未来を背負う者の名前を憶えておけないなんて！」

心底落胆したかのような少女、エーテルは苦笑いを浮かべた後に、キッとアランに鋭い眼光を突き付けた。

「あなたに会ったら聞いておきたいことがあったの」

「ぼくに？」

アランが首を傾げると、エーテルは髪を左右に振りながら過去を遠く見つめるような表情でアランに詰め寄った。

王都中央通りの端。露店と露店の間に駆け寄ったエーテルに気が付いたのか、先ほどの赤髪をオールバックにした少年、そして『殿下』と言われた少女やその後ろに従事している者も立ち止まっている。

「あの時、あなたは『雨が降る』って断言した」

エーテルは歯を噛み締めるように悔し気な表情を作っていた。

「あなたは、どうして雨が降ると分かっていたの？」

そう詰め寄られてもなお、アランには何のことかはさっぱりだった。

エーテルの脳内には、初めて相対した時のことが克明に蘇っていた。

それは、彼女自身が初めて味わった敗北でもあったからだ。

エーテル・ミハイル、四歳。

彼女はその齢ながらも、持ち前の『海属性』を用いて様々なご利益《りやく》を民衆に与え続けていた。

「私はいつも通り、その日はドローレンって言う一人の漁師に頼まれて彼の故郷に向かったの」

ドローレンはファンジオと同じ出稼ぎ仲間だった。

彼の地元では異常気象により長らく雨が降らない状況にあった。

そこで、召集されたのが『神の子』として名声を集めつつあったエーテル・ミハイルだ。

『海属性』を持つ彼女の魔法の神髄は、膨大な量の水を無から生成することにある。

それにより、水不足の根本的な解消にまでは至らなくても、しばらくの間は持ちこたえられるかも知れないという一縷の望みをかけてのことだった。

ドローレンに依頼されていた水不足問題を解決しに、彼の故郷へと向かうその寸前にエーテルが出会ったのが、アランだった。
だが――。

『あっちなら……もうすぐ、あめ、ふるよ？』


純粋すぎるアランの言葉に、エーテルは初めて動揺していた。

嘘だと思っていた。

完全にその場しのぎの嘘でしかないと思っていた。

だからこそ、激昂した。

『ふ、ふらないからいくのー！』

張り合って見せてはいたが、ドローレンの地元に向かう馬車の中で妙に胸につっかかったものがあった。

アランに感じたのは、自分と似たような魔法の波動。

一目見て分かった。特異者だと。

だからこそ、アランの何の疑念も抱かずに呟いたその言葉が、気になって仕方がなかった。

そしてドローレンの地元に行くと、そこは雨に包まれていた。

激しいものでもなく、優しく包み込むような大地《つち》を潤すその雨に、住民達は歓喜した。

『ありがとうございます、エーテル様！　あなたのおかげでこの土地に再び雨が降りました！』

――ちがう。

『流石、神の子だ！　ドローレン、よくやってくれた！　エーテル様、ありがとうございます！』

――ちがう、わたしじゃない……。

『この土地を救ってくださって、本当に、本当にありがとうございます……！　エーテル様！』

――わたしじゃない!!

一年半も降らなかった土地に雨が降った。

出会った特異者の少年が、雨を言い当てた。

それが偶然とは思えなかった。

皆はエーテルのおかげであると散々彼女を持ち上げた。

だが、彼女の心は穏やかではなかった。

王都で会った一人の少年の、予報がエーテルの頭に焼き付いて離れなかった。

自らの手以外のものが介入して、自らが褒められる。

それははいつまでも彼女の心を締め付けていた。

「あの雨は、自然のものとは思えない。人工的なものに違いないの！　それでも、天候を操るなんて話は聞いたことがない」

アランはきょとんとした表情を向けていた。

「あの気象を予報したあなたが関係していないとは考えにくい。何で、あの時あなたは『雨が降る』って正確に予報できたの？」

「わ、分からない。ぼくは時々、自分でもわからないけど、漠然と天気がわかったりするんだよ。本当だ」

アランは正直に白状した。

あまりに要領を得ない答えに、エーテルはつい苦笑いを浮かべるが、その表情がふと強張る。エーテルは不思議そうに、アランの周りを見回した。

「特異者の匂いがしない。魔法の属性がないの？　前はあったはずなのに……」

エーテルが何かを察したかのように言葉を紡ぎ、首を傾げていると、王都一帯に正午を知らせる鐘が鳴り響いた。

「あれっ!?」

その音を聞いたエーテルは顔を引きつらせ、踵を返してアランの元を去っていった。

「覚えていなさい、アラン・ノエル！　あなたとはいずれまた会うことに——いたっ！　ちょ、ちょっとちゃんと前見ててよね！」

「お前が勝手に当たってきたんだろ……」

紅オールバックの少年にぶつかりながら、捨て台詞を吐いて立ち去る少女の姿を、アランは目に焼き付けていた。

○　○　○

思わぬ来訪者に時間を割かれたアランは、急ぎ足で王都中央通りを突っ切った。

時刻は正午をまわっていた。

基本的にルクシアが戻って来るのは昼を過ぎた頃。

そこから逆算すれば、あと三十分は時間の猶予がある。

これはアランとフーロイドの作戦の一つでもある。

ルクシアは何か材料があれば料理を作ろうとする。それを回避するためには、ルクシアが帰ってくるまでに料理をこしらえていなければならない。

日光の、じりじりとした照り付けが襲うなかで三十分後、帰宅したアランは待っていた光景に首を傾げた。

「よー、アラン。元気してたか？」

「おかえり、アラン。暑かったでしょう、タオルあるわよ」

王都中央通りの端に小さく構えられた一軒家。その扉を開くと、中央の机に座っていたのはアランの両親でもあるファンジオと、マインだった。

「二人とも、今日夕方まで仕事あるんじゃなかったの？」

アランは、マインから受け取ったタオルで首筋を拭いた。

ひんやりと冷たいタオルの心地を感じつつ、マインに食料が入った袋を手渡した。

マインは受け取った紙袋の中身を覗いて食材を仕分け、中央のテーブルについているファンジオはさきイカを咥えて笑みを浮かべる。

「お前の誕生日だってんだから、仕事を早めに終わらせたんだよ。と言いたいところなんだがな」

ファンジオの台詞に続くかのように、マインは作業しながら言葉を紡いだ。

「何でも、今日はレスティムにお偉いさんたちが集まってるらしいの。だから今日は王都全体が騒がしいのよ。至る所に護衛もいたりするしね。今日はオートル魔法研究所の一般公開の日だから仕方がないんだけど」

「オートル魔法研究所の一般公開？」

「魔法研究所は開発、発明、販売を一手に担っているの。今年度は久しぶりに宮廷魔術師候補を募集するらしいの。普段は一切見られない魔法研究所の内部が見られる一般公開ともなれば、人も至る所からやってくるわ。冬は採用試験も控える人たちでいっぱいだもの」

マインが説明をしていると、家の奥からはフーロイドが「そうじゃのー」と呑気な顔をして表に出てくる。

「この時期は諸外国からも知恵と力を求めるべく、来国する者も少なくない」

そう言うフーロイドは自身の白い髭を自慢げに伸ばす。

「なんせ、アルカディア王国の先進的研究がすべて揃っておる知識の宝物庫。単純に先進研究をしたい者もおれば、単に力を求めてやってくる者も、それは様々じゃろ。それを大っぴらにしておくオートルも、相当な自信家じゃ」

ずずず、と茶を啜るフーロイドはかつてを懐かしむように、湯呑に浮かんだ茶柱を見つめる。

「老骨は黙って去ればよい。後のことは若い者が勝手にやってくれるじゃろう」

「若い人、といえば今年の採用試験に臨む面々も随分と若い方が多いと聞きますが」

マインは首を傾げる。

オートル魔法研究所は、おおよそ四年に一度、宮廷魔術師の採用試験を執り行う。

宮廷魔術師になるために必要な力は大きく二つ。

一つ、他より圧倒的に優れた魔法力を使役できること。

一つ、他より圧倒的に優れた学力を持つこと。

いずれかにおいて一定の水準を満たすことができれば、晴れて宮廷魔術師の一員となる。

宮廷魔術師の社会的地位は非常に高く、親族全てに王都の永住権、納税義務の免除など、様々な特権も付与される。

「まぁ、だからこそ採用試験の倍率はべらぼうに高いけどな」

さきイカを口に入れながら、ファンジオは苦笑いを浮かべる。

「例年、募集人数に対しておおよそ五十から百倍といったところか」

二人の説明に付け加えるかのようにファンジオはさきイカをフーロイドに手渡した。

「そういや、今年の受験の面々は既に少しだけ割れてるらしいな」

「ほう？　お主、もう情報を掴んでおるのか？」

「冒険者ギルドでやってっと、自然と情報は入ってくるんでな。若い面々でいうと、確か隣国シチリア皇国の『ルクシア』襲名候補、ルクシア・シンとその付き人。オルドランペル国グレン族の『剣鬼《ラグール》』、魔法適性無しの特異者シド・マニウス。そしてアルカディア王国が『神の子』……じゃねーな『神童』、海属性保有の特異者エーテル・ミハイル。とまあ現時点での有名処はこんなところか？」

ファンジオの言葉に「ふーむ」とため息を漏らしたのは、フーロイドだ。

「そやつらが全員受験を表明しておるのか。オートルに特異者が混ざることは少なくはないが、受験表明をしておるそやつらはほとんどが特異者ではないか。鍛錬をある程度積んでおるとしたら、そやつらの合格は今の時点から間違いはないじゃろうな」

「とはいえ、魔法適性が全くない剣鬼《ラグール》を取るかい？　割と魔法至上主義な面もあるだろう、この国は」

「いや、魔法力がないにも関わらず名を上げる者こそ恐ろしい。将来性を鑑みても取る可能性は高いじゃろう」

フーロイドは杖を机にかけた。

「問題は……」

　と厳しい目つきで周りをひととおり確認したフーロイドは重々しく口を開いた。

「ルクシア・シン。現状で受験を表明するとは思わなんだのぅ。シチリア皇国でのルクシア襲名代理戦争は再来年じゃろうて」

「オートル内部で、使える駒探しってとこか。まあ確かにあそこに行けば有能な引き抜き対象には困らねえだろうからな」

　ファンジオが苦笑いを浮かべるも、フーロイドは頭をポリポリと掻きむしるしかなかった。

「全く……。他のルクシア候補は今から先手を打っておるというのに、こっちのルクシアと来たら」

「まぁ、襲名戦は再来年なんだろう？　こっちのルクシアさんも何か策を講じるさ」

「ルクシア・シンもただレスティム《ここ》で過ごすわけではあるまい。襲名戦までの二年、ここで存分に人材を引き込んで自国へ逃げ帰る魂胆じゃ。宮廷魔術師採用試験への合格を絶対条件とせねばならん。よほどの自信がなければこんな大胆なことはするまい。変に経歴を傷つけるわけにもいかんじゃろうしのぅ」

「さすが、オートル魔法研究所勤めの宮廷魔術師は話が早い」

「隠居したクソジジイの道楽予想に過ぎぬわ」

　フーロイドは、茶化すファンジオに問いかける。

「むしろお主の方が現場は近かろうて。冒険者ギルドにはそれこそ若い輩も多い。受験を表明する者はおらぬのか？」

「みんなその受験者群を聞いて委縮しちまってるよ。まあ、世代が悪いってのもあるがな」

そんなファンジオとフーロイドの会話に付いて行けないアランは聞き流しつつ、冷えたタオルを顔の上に被せていた。

「ふぉっふぉっふぉ。アランもとんでもないところに飛び込むのじゃのう……いや、飛び込ませると言った方が的確かの？」

「何か言ったー？　フー爺」

フーロイドの小さな独り言にアランが反応を示す。

「気のせいじゃ」

フーロイドはあっけらかんと答えるが、アランは自身の父親が王都に適応する速度がとてつもなく早いことに驚きも隠せなかった。

アラン自身、今まで王都にやってきてからはフーロイドの元で魔法修行、そして小等部での基礎教養、そして中等部には全く行かずに家で勉学に励んでいる。

同年代ともあまり話したことがないのは前々からあまり変わらないことでもあった。

すると、コンコンと。

木造の扉をたたく音。

フーロイドが「入れ」と告げると思いっきり扉を開けた者があった。

「というわけでルクシア・カルファ。ただいま戻りましたー！　っと、マイン先生ー!!」

ルクシアは家に戻って来るなり、マインに向けて走り出したのを見て、フーロイドとファンジオは仲良く落胆した。

「ここでは先生ではありませんよ？　ルクシアさん」

「私の中ではマイン先生はずっとマイン先生なんです！　先生のおかげで私は料理が得意になったんですから！」


――料理は得意になったんですから！


その言葉に、フーロイドとアランの肩が合わせてピクリと跳ね上ったことに気づいた者は誰もいない。

「ルクシア、ひとまず座れい。これでようやく少しばかり込んだ話ができるのぅ」

フーロイドの言葉に、ルクシアが勢いよく「はいっ！」と返事をする。

マインが全員分のお茶を注いだ後にお盆に乗せて机に向かった。

アランも被せていたタオルを机の上に置いたのを見計らうと、フーロイドは「ふむ」と小さくため息をついた。

アランは自身のリストバンドを眺めながら、フーロイドの真剣な眼差しにも同時に目を向ける。

「現在、アランは一切の属性魔法が使用できん。そもそもリストバンドの役割は魔法力を受け流すことじゃ。魔法が風だとすれば、リストバンドはフィルター。いくら通そうとしてもリストバンド《これ》を経由して属性魔法力は全て霧散することとなる。その成果もあって、これまでの八年間で、アランの魔法力のコントロールは類を見ないほどに成長した」

ファンジオは、アランに嵌められているリストバンドを一瞥した。

「確か、魔法力は莫大。だがコントロールはいまいちってのがおおまかな評価だったな」

「そうじゃ。ここまでよく頑張ってきた。基礎作りはおわりじゃ」

フーロイドの笑みに、アランが机を乗り越えて詰め寄った。

「ってことは、これからようやくあれに行くんだね」

わくわくを抑えきれないアランに、フーロイドはにやりと笑みをうかべた。

フーロイドは固い決意に満ちた瞳で淡々と告げた。

「このワシ、フーロイドの名を用いてアランには冒険者ギルドにソロ冒険者として所属させる。最終目的は宮廷魔術師採用試験。いよいよ、動かす時が来たということじゃ」

フーロイドの言葉に、その場にいる全員が緊張の糸を張り巡らせたかのような空気に包まれた。

「冒険者ギルド、ですか」

フーロイドの言葉に最初に反応したのは、マインだった。

その表情には不安が滲み出ている。

対してファンジオは何も言わずに腕を組んでいるだけだ。そんな対照的な二人に向かって提案者のフーロイドは「とはいえ」と続ける。

「何も最初から危険な任務を請け負うわけではないぞ」

フーロイドが指を立てて話すと、ファンジオも顎に手をやり、マインの説得に助け舟をだした。

「そういえばウチのギルドにも生徒と冒険者《ハンター》を兼ねている奴等はちらほら見るな。まあ、軽い任務だと手っ取り早い小遣い稼ぎにもなる。それに色々な風土、慣習、食事を通して社会勉強にもうってつけだろ」

出された茶を一気に飲み干したファンジオは、カタンと湯呑を置いた。

「『天属性』の魔法術。どの文献にも記載がないどころか、出自が一切判明しておらん。あるとしたらお伽噺の中だけ。それを現実にさせてしまうアランの能力は、だからこそ慎重に接するべきだったのでな」

フーロイドは、訝しげに長い白髭に手をやる。

「天属性の魔法術が極めて稀であることは容易に理解できる。ではなぜ文献に記載されていないのか。ワシにはむしろ抹消されたようにしか思えんでのぅ」

王都に来てからの八年間で、アランは自らのことをフーロイドから聞かされている。

自身が類稀なる『天属性』の魔法術の持ち主であることを――。

「これはワシの仮説じゃ。くだらない老人の戯言じゃと思っても構わんがの」

フーロイドは立ち上がり、その場に座る皆に背を向けた。

「アラン・ノエル。お主のアランという名は『雷神』の異名を持って名付けられたそうではないか……」

その言葉にマインとファンジオがアランを見つめた。

確かに、両親である二人は落雷から助かったことに因んで雷神《アラン》の名を付けている。

フーロイドは、神妙な面持ちで言葉を紡いだ。

「落雷で奇跡的に命が助かったと。そうお主らは言っておるが」

言いにくそうなフーロイドに、イラついたかのようにファンジオは「何だよ。十五年前のことだろうが」と毒づく。

「ワシにはその落雷がどうにも自然的なものとは思えん」

「何を言うかと思えば」

呆れたようにさきイカを頬張るファンジオに、フーロイドは続けた。

「新たなる生命の誕生のその瞬間に、何者かが人為的にアラン・ノエルに雷を落とした。アランが天属性の魔法術という特異者である事実と、誕生の事実は決して無関係なものではないのではないか、とな」

フーロイドは皆を振り返る。

ファンジオとマインは固まったまま動かない。

アランはただひたすらにフーロイドを見つめていた。

「『雷』というもの自体は天属性の範疇に納まる能力じゃ。うやむやにしてはおったが、ファンジオが霧隠龍《ファントム・ドラゴン》と対峙していた時にアランはこの能力を開花させ、そして雷を伝ってアランはお主の前に立ちはだかった。と考えれば、雷の能力は天属性の魔法によって作り出したものであるとも考えられるじゃろうて……」

「あの雷を伝わせてアランに『天属性』を付与させたってことか？」

「あぁ。コントロールが成熟し、羽ばたく前の時期にそれらを完全に支配下に置き、完全に操れるようになるのが一番じゃと、ワシは思う」

ファンジオとマインが首をかしげているなかで、フーロイドはにやりと不敵な笑みを浮かべる。

「このワシ、フーロイドの名において、アラン・ノエル。主に一枚の任務を預かっておる。まずは小手調べじゃ。細かいことなど今はどうでもよかろう。主に必要なものはたった二つ。『実績』と『強さ』じゃ。異論はないな?」

そのフーロイドの眼差しに、アランは小さく頷いて肯定の意を示した。

「この任務はさほど急用ではない。三日以内に達成すればよいとの依頼主からの達しじゃ。それまでの準備は怠るでないぞ」

「……わかった」

フーロイドの説明を聞き終わったアランは、受注用紙を受け取る。

「宮廷魔術師になって、ぼくの魔法の謎を解き明かす、その第一歩だ。必ず成し遂げてみせるよ」

「うむ、なかなかの心意気じゃ。と、そんな話はここで終わりじゃな。せっかくの十五歳の誕生日。今日は盛大に祝う準備は出来ておる!」

そう、くしゃくしゃの笑顔を浮かべたフーロイド。

アラン・ノエル十五歳。

宮廷魔術師になる、彼の本格的な修行が着々と進んでいた。

番外編

覚醒の予兆……?

それは、アラン一家がコシャ村を出て王都へ向かう一年前の出来事だった。

つい先ほどから魔法キャッチボールをしている、アランとシルヴィの二人。

「いっくよー！」

「い、いつでも大丈夫だよ、アランくん！」

両手を前に構えてアランのボールを受け取ろうとしたシルヴィだったが、例によって例のごとくアランの魔法力暴発によりあらぬ方向に飛んでいくボールを見て、フーロイドは呟いた。

「お主、これで何個目じゃ」

ふと、懐から新しい白球を持ち出そうとした白髪白髭の老人に、「待ってください」と手で遮ったのはマインだった。

エプロン姿で昼支度をしていた彼女は、呆然とぶっ飛んでいくボールを見つめるアランに告げる。

「今までボール、いくつ飛ばしちゃったか覚えてる？」

「……わかんない」

首を傾げるアランに、マインは鋭い眼光を突きつけながら頬をぷにっとつねった。

「でしょう？　それくらい、アランは今までいくつもフーロイドさんからもらったボールをなくしちゃったの。それは、とても悪いこと。だから、今日は自分で探してきなさい。見つかるまで、お昼ご飯はあげません」

「で、でも、どこにとんでいったのか、わかんないよ」

「それも含めて自分で探してきなさい。物を大切にしない子は嫌いです！」

心は痛むが、わざと突き放すように言葉を吐くと、アランはしょんぼりとした表情で呟いた。

「うぅ。ごめんなさい。さがしてきます……」

肩を落としながら、おおよそボールの飛んでいった小さな山の方向へと歩いて行くアランの姿に、隣でおろおろしつつフーロイドの袖を持つのは、シルヴィだ。

シルヴィは肩に掛かった茶髪をゆらゆらと揺らしながらマインに進言した。

「ま、マインさん！　私も行きます！　私も、アランくんといっしょに修行してたので！」

「いいのよ、シルヴィちゃんは。あっちの方角に飛んでいったのなら、行き着く先はヴァステラ山。昔よくアランと散歩に行ってた場所だもの。あの子にはキツくお灸を据えなきゃダメよ。いくつボールをなくしても次があるって思ってちゃよくないわ」

少々怒り気味にアランを見送るマインだが、その表情は少し心配そうだ。

「とはいえあやつもまだ六歳じゃろ。小さな山とはいえ、それなりの大きさの岩や木に囲まれた場所じゃ。何かあっては遅かろうて」

「そ、そうですよ。一応、ここはアーリやコシャの森の中間地点ですし、突如魔物が……ってことも考えられますよ。ファンジオさんは今、アーリの森での狩猟中でいませんし、やはり、危なくないですか？」

「う……」

三人の言葉に頭を抱えるマインに、ため息をつきながらフーロイドはルクシアを一瞥した。

「ルクシア、お主があやつについていけ」

「な、なぜ私なのですか!?」

「まだ幼いシルヴィに行かせるわけにも、怒った手前マインも行きにくかろう。ワシは普通に行きとうない。となればお主が適任じゃろ」

「そ、そんな理不尽な!?」

「ルクシアさん！　この通りです！　本当に申し訳ないですが、お願いします！」

「マインさん!?」

「ルクシアさん！　アランくんを、まもってあげて！」

「し、シルヴィちゃんまで!?」


三人のそれぞれの言葉を受けたルクシアは、ぐにゃりとへたれて見えていた。

○　　○　　○

コシャ村の南東へおおよそ十五分ほど歩いた場所に存在する小さな山——ヴァステラ山には、主立った魔物は存在していない。

ゴツゴツとした岩と、まばらな緑木に囲まれたその山を、アランは何回か訪れたことがあった。

「あつぃよぉ」

「そ、そんなこと言われてもですね。だいたい、アラン君がこんなに遠くまで飛ばしたんですからね!?　というかなんで私もなんですか……」

額に汗を流しつつ小さな山の麓で小さなボールを探す二つの影があった。

「ボール、ボール……」

「こっちの方角に飛んできたのは確かなんですけどねぇ」

辺りをくまなく捜索していくアランとルクシア。

太陽がようやく頂点に昇り始めていた。

「やはり、薄着でも暑いですね。汗もたくさんかいたし、温泉にでもゆっくり浸かりたいです……ふふ、こんなところに温泉なんてあるわけないのに……ふふ」

緑と白を基調とした露出の多い服を着込んだルクシア。

豊満な胸を押さえ込んでいた上着を脱ぐと、ぷるんとたわわな双丘が動く。

「おん、せん？」

「温泉、ですよ。例えばこんな大自然の中で湯気が立ち込め、温かいお湯が湧出する。そこに浸かれば日々の疲れや気怠さが嘘のように吹き飛ぶ。そんな大自然の秘宝です！」

「ふつうのおふろとはちがう、とくべつなおふろってことだね！」

「そういうことです！　とはいえ、私も天然の温泉なんて見たことがありませんけどね。地学に詳しい専門家が何人も集まって、何十年も研究してようやく見つけられるかといった程度の貴重さですから。ただ、一生に一度は天然の温泉に浸かってみたいものですよ」

そう言って、天を掴む仕草をしたルクシアだったが、すぐにへなへなとその拳は元気をなくしていく。

「へー」

「って……アラン君、全く興味ありませんね。さ、続き探しますか」

夢見がちだった自分にカツを入れて再びボールを探しはじめるルクシア。

だが、そんなエルフを横目にアランは近くの大きな岩と岩の間に耳を近付けていた。

「何してるんですか？　アラン君」

「おとがきこえるんだ。ぽこぽこーって」

「音？」

音の出処は、岩と岩の間の亀裂かららしい。

だがルクシアが何度耳を近付けても「ぽこぽこ」などという音は聞こえてこない。

「音なんて、全く聞こえませんよ？　往生際が悪いですね。はやく探さないといつまでたってもお昼ご飯なんて食べられないんですからね」

「ほんとだよ。みずのおとが、ごぽぽぽ〜って、したのほうからきこえてるもん。これがおんせんかな？」

「案外湧いてくるかもですねー。あー、あったかいお湯に浸かりたいぃ！」

はぁ、と小さくため息をついたルクシアが皮肉と冗談交じりに呟いた、その時だった。

「むぅ！　えいやっ！」

岩と岩の隙間を狙ってアランは魔法力を爆発させた。

「アラン君ー。遊ぶのもいいんですけど、はやく……って、あれ？　何です、この地響きは!?」

ルクシアはゆっくりと後方のアランを見やった。

亀裂の入っていた大きな岩が、綺麗に二つに割れていく。

そして岩と岩の間から白い煙――否、湯気がもくもくと立ち込めていた。

「う、うそ!?　これ、これって本当に……!?」

驚愕の声をあげるルクシアは、岩の隙間からあふれ出るお湯に手を出してみる。

「温度良し、香り異常なし、地形良し！　完璧です！　完璧な温泉です！　自然湧出の温泉を掘り当てるなんて聞いたことありませんよ！」

「え、そうなの？　ぼく、すごいの？」

「凄いも何も、大発見ですよ！　自然の温泉なんて私、初めて見ました！　マインさんにも伝えなければ！　みんなで温泉に入りましょう！」

妙に興奮気味のルクシアは、鼻の穴を大きくして家の方角へと走っていった。

「…………？」

対して、アランは噴水のように湧き上がるお湯と、自分の手を見比べた。

どこからともなく、確信めいた何かが感じられていたのだ。

地中深くの構造が、頭の中にぼんやりとわいたそのイメージを上手く言葉にすることはできなかったが――。

「る、ルクシアさん！　おいていかないでー！」

アランはそれを忘れて、興奮気味に走り去っていくルクシアの後を追った。

○　○　○

「これが温泉、ですか」

「はい！　滅多に見られるものではありませんが、アラン君が発見した天然温泉です！」

「ふわぁ～……あったか～い」

マイン、ルクシア、シルヴィが現場に到着すると、目の前に湧き上がる白い湯気を見て大きく息を吐いた。

岩の隙間に現れた巨大なクレーターにお湯が溜まっている光景は、さながら天然の露天風呂だった。

マインは見たこともない光景に呆然とし、ルクシアは興奮気味に酒のボトル瓶を肩に担ぎ、シルヴィは恐る恐るお湯の中に手をつけていた。

ルクシアはたゆんと豊かな胸を張りながら、細く尖った耳をぴくぴくと動かしている。

今にも温泉に入りたくて仕方がない、そんな表情で。

「そ、そういえばフー爺は？」

アランはマインの手を繋ぎながら周りをきょろきょろと見回した。

「フーロイド様は、ちょっとご用事があるそうなので、この場には来られないそうです。それにあんなエロ爺《じじい》には隠しておくのが一番です」

最後の方はぽそりと呟いたルクシア。

「どうしたの？　ルクシアさん」

「なんでもないですよっ。さぁ、アラン君！　マインさん！　シルヴィちゃん！　温泉ですよー！」

ルクシアの嬉しそうな声が、小さな山に響き渡った。

○　○　○

「それにしても……」

コシャ村外れの小さな家のテーブルの上で茶をすするのは、フーロイドだ。

「今からしばらく山菜を採りに行くとは言っておったのぅ。この晴天のなか、暑い場所に行く神経が分からぬわ。マインも、シルヴィも嬉々として着いていったが、若い奴らの考えることは分からんわい」

誰もいなくなった家の静けさに、フーロイドはまた茶をすすった。

○　○　○

「ごっくらっく、ごっくらっく、ですねぇ」

タオルを頭の上に乗せながら、ルクシアはだらしない笑顔を浮かべた。

簡易的に作った浴場の縁に両腕を投げ出したルクシア。胸の谷間には、お湯が浮いていた。

「本当、温泉なんて王都でも入れるものではないですからね。アラン、後で精一杯褒めてあげなきゃ」

雪のように白い肌にお湯を掛けながら呟くマインに、ルクシアは「それにしても」と首を傾げる。

「マインさん、本当にお肌が綺麗ですよね。どうしたらそんなに綺麗な肌になるんでしょう」

「る、ルクシアさん!?　ちょっと、どこ触ってるんですか!?」

「雪のような白肌とも言われるエルフの私よりも綺麗で透き通っている。羨ましいことこの上ないです！」

「そ、そんなこと言ってますけど、ルクシアさんだって胸おっきいじゃないですか！　私ももうちょっと大きかったらなって時々思ってたんですよ!?」

「でもマインさんだってお美しい形して、ズルいです！」

「ルクシアさん、ズルいですよぉ……！」

お湯の中で互いの身体を貪るように撫で回す大人の女性二人を尻目に、子供二人は仲良く言葉を交わし合っていた。

「ねー、アランくん」

「どしたの、シルヴィちゃん？」

真剣そのもののシルヴィの表情に違和感を覚えたアラン。

二人は、ヴァステラ山の中腹から見える景色を眺めていた。

「わたし、アランくんにあやまらなきゃいけないの」

「……?」

「はじめてアランくんとあったときにすぐにかえっちゃったあのときのこと、おぼえてる?」

それは、二年前のことだった。

シルヴィとアランが初めて会った時、シルヴィは罰ゲームとしてアランの家に行っていた。

それは、シルヴィの心にずっと刺さっていた、棘だった。

「あー……」

思い出して、アランは小さく苦笑いを浮かべた。

「あのときは、ほんとうに、ほんとうにごめんね。ずっといえなかった。いえなかったんだよぉ……」

顔を覆って、涙を流しはじめたシルヴィ。

アランは、ファンジオがよくマインにやっているようにポン、とシルヴィの頭に手を置いてあげた。

「ぜんぜんきにしてないよ」

「……ほんと?」

「うん。だって、いまはいっしょにあそんでくれてるもんね!」

にし〜、と。屈託のない笑顔を浮かべるアランに、思わずシルヴィも笑みをこぼす。

「だから、これからも、ずっと、ずーーっと！　いっしょにあそぼう！　シルヴィちゃん！」

その言葉に救われ、シルヴィの顔もぱあっと明るくなる。

「うん！　ずっといっしょにいようね！　アランくん！　だいすきだよ！」

「ぼくもシルヴィちゃんだいすきだよ！」

大人の色気を褒め合う二人と、子供同士の友情を深め合う二人に忍び寄る一つの影。

「ふふふ、お主ら……お主ら！　何とも楽しそうなことをしておるではないか……ワシ抜きで……ワシ抜きでぇぇ!!」

こつり、不気味な黒い雰囲気を漂わせながら現れたのはフーロイドだった。

「げ、フーロイド様!?　なぜここが！」

「ふん！　お主等如きの魔法力など探知すればすぐに見つかるわッ！　ここは桃源郷！　ワシもその中に入れるのじゃ！」

「嫌ですよ！　そんなこと言ってまた私の乳や尻を触ろうとするんでしょう！　マインさんも、シルヴィちゃんもいるなかでそんなことさせられません！」

「ならば実力行使しかないのぅ。水属性魔――」

「させません！　先手必勝！　風属性魔法、女神の息吹《アルドール》！　吹き飛んでください！」

「ぬぉぉぉぉぉ!?」

「る、ルクシアさん！　いきなり立ち上がると丸見えですよ!?」

「構いません！　マインさんとシルヴィちゃんを悪から護るのは弟子の私の役目です！」

激しい水飛沫をあげながらも、フーロイドごと吹っ飛ばしたルクシアの魔法。

温水と共に空中に投げ出されながらも体勢を立て直したフーロイドが「ふはははー！」と悪役丸出しの笑い声を上げる。

「弟子のお主が師に勝とうなど百年早いわッ！　もう温泉などどうでもよい！　そこに溜まった水が吹き飛べばお主等も逃げ場はあるまいてぇ！」

そう言って、フーロイドは手に膨大量の魔法力を込めた。

「る、ルクシアさん！　逃げましょう！」

「……くっ、殺せ!!」

「殺されちゃダメですよ!?」

ルクシアを慮って告げたマインが、彼女の右手を掴んだ。

だが、当のエルフは両手を広げて後ろのシルヴィ、アランを護るように両腕を広げて空中の師に鋭い眼光を突きつけた――その時だった。

「こんなとこで、皆して何してんだ？」

鞘に入った剣の柄で、フーロイドの首元の服ごと引っ張った男がいた。

「ぬぉ？　なんじゃ？　なんじゃ？」

剣の柄に首筋の襟が引っかかって宙ぶらりんとなっているフーロイドが、そっと後ろを見ると同時に、アランがにこやかな笑みでその人物の名を呼んだ。

「パパだー！」

「おう、ただいま、アラン。っつーか、なんだ。ルクシアさんよ。とりあえず座ってくれ。目のやりどころに困る」

「は、はい。す、すみません、ファンジオさん……！」

「ファンジオじゃと？　お主が何でこんな所におるんじゃ」

「アーリの森とコシャ森の中間地点だから、こっちから経由した方が安全に帰れるんだよ。まぁ、なんでこんなとこに温泉が出来てんのかは分かんねぇが、要するにこれがエロ爺だってことは分かるな」

「そういうことです」

ファンジオの小さな嘆息に、「ふんす」と鼻息を荒くしたルクシア。

「まぁ、せっかく湧き出た温泉だろうし楽しまないのも損だよな、分かるぜフー爺」

「そうじゃろう！　そうじゃろう！　お主もまだまだ男よのぅ！　ふははははは！」

持っていた荷物を下ろして、鎧を脱いだファンジオにフーロイドはぴんと白髭を尖らせた。

○　○　○

「なぜワシがこんな筋肉ダルマと背中を流し合わねばならんのじゃ」

「堅いこと言うなってフー爺。男同士、胸襟を開いて話そうぜ」

「お主のようなかったい胸など見たくもないわ……」

ファンジオの創成した土属性魔法、土壁《ガルドン》により風呂場は大きく二分されていた。

「そういえば、何か大事なこと、忘れてるような……？」

そんなマインに、ルクシアは「あっ！」と思い出したようににこやかにマインの方を向いた。

「お昼ご飯がまだだったんですよ！　そういえば、まだ食べてませんでしたよ！」

「あ、そういえば！　ファンジオも帰ってきたことだし、腕によりをかけて作りますよ！　ルクシアさん！　シルヴィちゃん！　手伝ってくださいね！」

「もちろんです、マインさん！」

「が、がんばりますーっ！」

マインが片腕を上げるのに賛同を示すように、ルクシアとシルヴィは手を上げた。

「ん〜。どこいったんだろ」

そんななか、アランだけが母の腕の中で、広い景色を見渡しながら小さなボールを再び探していたのだった。

あとがき

はじめまして、榊原モンショーと申します。

この本をお手に取っていただきまして、本当にありがとうございます。

サイトでの連載中にたくさんの応援を読者様に頂けたおかげで、こうして「気象予報士」の世界をより多くの人に読んでもらえることになりました。

このお話を書こうとしたきっかけは、朝のお天気ニュースを寝ぼけ眼で見ていたときに「天気を完全にコントロール出来たら強いだろうなぁ」と思ったことからでした。

気象現象と人間には、昔から切っても切れない関係があります。

古代の戦には、天候を予測してそれを戦術に組み込んで勝利を引き寄せたという逸話や、天候の変化を神と崇め、それによってその土地の政治が左右された時代もあるほどです。

気象現象は、人間が考える範囲に収まらない神秘がまだまだ隠されています。そんな無限の可能性を秘める大空を舞台にして、その運命に立ち向かう少年のお話が書きたいと思ったのが発端です。

まだその天属性魔法の片鱗しか見せていないアランや、彼を中心に巡っていく「気象予報士」の世界を、今後ともお楽しみいただけると幸いです。

ウェブ連載当初は私自身、軽い気持ちでこれをタイトルにしていたため気象現象などには結構疎かったわけです。ですがこうして書籍化のお話を頂いてから、このままではまずいと思って、慌てて気象現象についての勉強に励んでいるところです（まだまだ未熟ではありますが……）。

今後、気象予報や気象現象のレパートリーが増えてきたら、作者も勉強しているんだなと温かい目で見てください。私なりに頑張ります。

それを踏まえたり踏まえなかったりした上で、これからもトンデモ現象のオンパレードになっていきます。ご了承下さい。

最後にお礼を。担当編集様、校正様、関係者の皆さま、素人の私に懇切丁寧に教えて下さりありがとうございます。

そして素敵なカバーイラストや挿絵を描いてくださったＴＥＤＤＹ先生。先生の美麗なイラストが送られてくる度に、部屋をくるくるまわったり、飛び跳ねたりしていました。書籍になる上で一番楽しい時間でした。

最後に、書籍化するにあたって共に喜んでくれた友人や、常日頃より公私共々お世話になっている諸先輩方。そして掲載当初から「小説家になろう」で感想を書いていただき応援してくださった皆さま、そしてこの本を読んで下さった皆々様。本当に、本当にありがとうございます。

皆さまに支えられて、私は今日も元気に頑張っています。

これからも、皆さまの心に少しでも残るような作品を書いてお届けできるようになれば幸いです。

二〇一八年三月　榊原モンショー

呪われし勇者×迫害されし少女

七大魔王の一、魔竜王を倒した勇者ロスタムだったが、魔竜王から受けた断末魔の呪いにより、人々から忌避されていた。

自分を嫌悪し白眼視する人々に絶望し始めていたロスタムが出会ったのは、魔族の血を引くとして迫害されていた少女シャラザード。自らの境遇を重ね同情したロスタムは、ゆくあてのない彼女を引き取り共に暮らし始める。

これは勇者が不幸な少女を救う話である。

UG002

呪われし勇者は、迫害されし半魔族の少女を救い愛でる

著：鷹山誠一　イラスト：ＳＮＭ

本体 1200 円＋税　ISBN 978-4-8155-6002-7

全国の書店にて好評発売中！

UG novels UG005

異世界の気象予報士
～世界最強の天属性魔法術師～

2018年04月15日 第一刷発行

著　者　榊原モンショー
イラスト　TEDDY
発行人　東 由士
発　行　発行所：株式会社英和出版社
〒110-0015　東京都台東区東上野3-15-12 野本ビル6F
営業部：03-3833-8777
http://www.eiwa-inc.com
発　売　株式会社三交社
〒110-0016
東京都台東区台東4-20-9　大仙柴田ビル2F
TEL：03-5826-4424／FAX：03-5826-4425
http://www.sanko-sha.com/
印　刷　中央精版印刷株式会社
装丁・組版　金澤浩二(cmD)
DTP協力　市川 花

ISBN 978-4-8155-6005-8　© 榊原モンショー・TEDDY／英和出版社

榊原モンショー先生・TEDDY先生へのファンレターはこちらへ

あて先
〒110-0015
東京都台東区東上野3-15-12
野本ビル6F
(株) 英和出版社
UGnovels編集部

本書は小説投稿サイト『小説家になろう』(https://syosetu.com/)に投稿された作品を大幅に加筆・修正の上、書籍化したものです。

『小説家になろう』は『株式会社ヒナプロジェクト』の登録商標です。

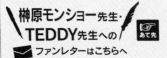